U0008506

因為你，是我奮不顧的嚮往

不想成為你的習慣，只想成為你的喜歡

Micat 著

離聖誕節還有一個多月，校門口兩旁的樹上，已經掛上了聖誕燈，與天上點點的星光互相呼應。

而與聖誕燈飾的悠閒氣氛相較，教室裡認真讀書的同學們，就像完全身處在兩個不同的世界，形成強烈的對比。

抬頭看了一眼黑板上的時鐘，還有半個多小時才下課，也許因為午休被導師補考而沒睡的關係，總覺得今天的晚自習似乎過得特別漫長。寫考卷的時候，一邊打著呵欠一邊作答，就連寫完了考卷，都還是呵欠連連。

我看向窗外，盯著吸引人的聖誕燈，突然覺得非常神奇，雖然學校裡的燈飾完全不能跟街上的聖誕裝飾比較，但點點燈光，卻為充滿升學氣息的校園夜晚帶來了淡淡的幸福感。

喔！也為我充滿升學壓力的高二晚自習時光，增添了些許有趣的氣氛。

「姿悅，妳記得老師先前交代的，收好考卷後，要順便把這些資料一起拿過去，放在老師辦公室的桌上吧？」坐在前面座位的惠育轉過頭來提醒。

「嗯，」我抿抿嘴，撕下貼在桌角的便利貼，在她面前晃了兩下，「剛剛已經記下了。」

她放心地將參考書收進書包，站起身來，看著仍在收拾的我，「妳看起來很累的樣子！」

點點頭，我拉起筆袋的拉鍊，將筆袋放進書包，「真的很累呀！等下回家洗完澡，我就要立刻睡覺，管他明天還有什麼小考大考的。」

「這麼灑脫？不怕明天小考考不好，又要聽班導唸一堆喔？」

「不是灑脫，是我真的好睏。」我又打了一個大大的呵欠，「班導穿腦的魔音誰不怕呀？但人總要量力而為，不能勉強啊。」

「哈哈，我應該把這些話錄起來，明天播給班導聽。」

我皺皺鼻子，發現自己連想瞪惠育的力氣都似乎沒有了，「千萬不要，否則他會要我再浪費一個午休時間，認真的聽他講大道理。」

惠育帶著微笑，態度很故意，「他要是知道他眼中的好學生林姿悅居然說出這樣的話來，鐵定會花更多時間講道理給妳聽，高二……」

「高二是很關鍵的。」打斷了惠育，我把班導的口頭禪說完。

惠育哈哈的笑了，細長的丹鳳眼因為笑容的關係更瞇了些，「雖然常把班導這句話拿來開玩笑，不過我覺得他說的其實很有道理。上星期的社團時間，幾位讀大學的學長姊回來分享經驗，他們也這麼覺得，還鼓勵說要好好把握高二時光，把基礎打得穩一點，高三認真努力的衝刺，以免將來後悔。」

在校門口停下來，我用渾沌的腦袋思考了一下惠育說的話，「也許真的是如此吧！」

「聽了學長姊的分享，我突然覺得我應該要更努力一點，別再渾渾噩噩。」在校門口旁的樹下，惠育認真看著我說。剎那間，我覺得對未來充滿了期待的惠育眼裡，彷彿閃著比聖誕燈更亮的光芒。

但感動馬上被噴嚏取代。「嗯……哈啾！哈啾！」

惠育睜大了眼睛看著我，「天啊，妳這麼累，該不會是因為感冒了吧？」

我聳聳肩，「不知道，就覺得全身無力。」

「那妳回家最好多喝一些熱開水。」

我揉揉鼻子，對微皺著眉，一臉擔心的惠育笑笑，「好，我會的。」

「別再聊了，妳快快回去吧！」

「嗯。」我點點頭，「再見。」

「林姿悅，我們一起加油！」臨走前，惠育還熱血地握了握拳頭。

我看著惠育，有氣沒力地跟著握拳。「嗯，一起加油！不過，妳別說我沒志氣，我覺得我在加油之前，應該回家先好好補眠才對。」

「好啦，快回去。我去坐公車囉！妳騎車回家的路上注意安全。」

「妳也是。」我揮揮手，看著惠育走出校門口，自己才繼續往停車場的方向走去。

拖著沉重的腳步，走向校內停車場的路上，我又打了幾個噴嚏，想起惠育的叮嚀，暗自提醒自己，回家一定要多喝一點熱開水，然後早點睡覺，以免真的感冒。

沿著圍牆走到停車場門口，因為時間太晚，停車場裡剩下的車也沒幾輛，我一眼就看見了自己的紅色腳踏車，於是邊從書包裡拿出腳踏車鎖的鑰匙，邊往停放的位置走去，但站在車前，正在摸索車鎖時，突然聽到一個低沉的聲音響起。

「同學……」

嚇了一跳，我的鑰匙還掉到地上，我拍拍胸，「呀，嚇死人了！」

「妳……有沒有手機？」

順著聲音的方向看過去，左後方圍牆的角落坐著一個男同學。我一邊撿起掉在地上的鑰匙，一邊偷偷觀察距離不到十公尺距離的那傢伙，雖然停車場的燈光昏黃微弱，但我看出對方身上穿著的是我們學校的制服。確認不是外校人士，這讓我安心不少。

「有。」我點點頭。雖然確認坐靠在圍牆石椅上的男生是同校學生，但我依然處於半警戒狀態。

「可以借我一下嗎？」微弱的路燈下，他看了我一眼，咳了幾聲。

這個人是身體不舒服嗎？為什麼他講起話來的語氣似乎有氣無力的？說要跟我借手機的時候，也只是抬起頭看了我一眼，之後就又低下頭去，還咳嗽……難道是生病了嗎？

「你等等。」我從書包裡拿出手機，大起膽子向前走幾步，站在他面前。我吸了一口氣，將手機遞給對方，小心翼翼的問：「這位同學，你還好嗎？」

「沒事。」他接過手機，連打了兩、三通電話，但似乎沒人接聽，他忍不住嘆口氣，伸手將手機還給我。

「沒打通嗎？要不要再撥別的電話看看？」我接過手機，好心問他。

「算了。」他哼了一聲，勉強站起身，在他站起身的同時，我才看清楚他發生了什麼事。

在黯淡昏黃的燈光下，我看見他的額頭似乎受了傷，右眉上方也有一道不算小的傷口，好像是被什麼砸傷，因為害怕和擔心，我的心臟跳得愈來愈快，一時之間也不知道自己能幫上什麼忙，有點不安，忍不住偷偷地吞了一口口水。

「謝謝妳。」也許是因為傷口疼，他微皺著眉道謝，隨即打算繞過我，往停車場的門口走去。

「喂！」我有點擔心的喊了一聲。

「嗯？」他看了我一眼。

「你受傷了，要不要再打通電話給你家人或是朋友？」

「不必了。」他冷冷地說：「他們真要有空的話，早就接電話了。」

「也許沒聽到鈴聲，所以……」

「真的不必了，謝謝妳。」

原本想說服他再試試看的，但是話正要說出口，卻因為注意到他手上的傷勢而梗在喉嚨。

他的右手臂上也有一道很深的傷口，正不斷冒出鮮紅色的血。一向怕痛的我看到這副景象，心中更是害怕，心跳得更快，呼吸也急促了起來。

「謝謝妳的關心。」他又看了我一眼，「可以給我幾張面紙嗎？」

「面紙……喔！」因為被流血場面嚇到，我有點發愣，回過神來，趕緊點點頭，慌亂地從書包裡找出面紙，抽了兩張給他。接著也不知道是怎麼想的，因為瞥見他眉頭皺緊，猜想應該很痛，所以我偷偷吸了一大口氣，大著膽子試著幫他輕輕擦拭手臂上不斷冒出的血，「你還好吧？」

他低頭以面紙按壓住傷口。我不確定他是不是有輕聲地回答了一聲「嗯」，但緊接著，我們陷入短暫的沉默。

其實，有點尷尬。

雖然眼前這個人身上的傷讓我覺得可怕，又覺得緊張，但剛剛看到傷口皮開肉綻的慘狀時，腦袋一片空白的我，此刻卻只在意場面上的尷尬，不知道該說什麼來化解沉默。

我皺皺眉，想要不動聲色將視線從他手臂上的傷口移開，又覺得斷然移開很不禮貌，心裡更覺得不好意思。偷偷吸了一口氣，在腦海中快速搜尋任何可以派上用場的話語。當我懊惱自己為什麼總是在關鍵時刻手足無措、腦袋當機時，他低沉的嗓音，將我從沮喪的深淵拉了回來。

「不敢看就別看。」

「啊。」我看了他一眼，想要胡亂找個藉口，但最後卻只能小聲的回答一句很沒說服力的「沒有」。

「好了，謝謝妳，就這樣吧！」他沒有為難我，皺著眉，輕輕用手背擦了一下從額頭上滑落下來的血滴，想要退開。

但我看他一副不舒服又煩躁的樣子，心有不忍，於是又抽了一張面紙，本想遞給他，但最後卻踮起腳尖，「等等，我幫你擦掉好了。」

比我高出很多的他微低下頭，看著我，「妳看起來很怕血的樣子，我怕妳會昏倒。」

撥開他想接過面紙的手，我堅持要幫他擦拭，只是因為身高差距，再怎麼踮起腳尖，就是無法仔細看清楚他額頭上的傷口，「你……可以再坐回椅子上嗎？」

他睨了我一眼，乖乖地坐了下來。我站在他面前，小心翼翼幫他擦拭額上傷口流出的血。

「怕就怕，妳不需要逞強。」

我嚥了一口口水，看他一副自以為是的樣子，忍不住回嘴，「誰說我怕了？我只是厭惡打架而已。」

「這位同學，我不是打架好嗎？」他挑挑眉，「妳不覺得我這傷勢，完全是處於被動挨打的狀態嗎？」

「一個巴掌拍不響，」我又抽了一張面紙，想要幫他以按壓的方式暫時止血，「你如果沒有跟別人打架的意思，別人會隨便找你麻煩？」

「那是因為我和對方本來就有點恩怨，但是他們幾個趁我今天狀況不好，居然帶了傢伙來找我麻煩，這種行為太不講道義。」

我哼了一聲，很不以為然。「看，你承認『有點恩怨』了吧？搞不好根本是你先前對人家怎麼樣過，對方只是予以反擊而已。再說，打架本來就不對，還談什麼道義不道義？」

「哈，這位同學，我懷疑妳是我們班班導派來的。」

「想太多。」我又哼了一聲，不想再跟他爭論，順手把沾了血的面紙塞進已經用完的外包裝塑膠袋中，沒想到一低頭，發現他手臂的傷口似乎又再出血，「這傷口……好像很嚴重！」

「這樣叫嚴重？」他挑著眉，看看手臂又看看我。

「是啊，一直流血，怎麼辦？」

「這是小 case 好不好！」

「但我覺得這不是小 case。」我抓起他的手，看著他手臂上那道又深又長的傷口，仔細觀察了一下，「我看，還是去給醫生看看吧！」

「不用，回去擦個藥就好了，這對我來說……」

「我知道，是小 case。」我給了一個白眼。

「對。」他聳聳肩。

「但我覺得這必須要給醫生看過才行。」我難得的堅持，抓著他的衣袖，催促地說：「走吧，去醫院！」

「看吧！醫生不是說了，傷口雖然有點深，但只要稍微注意，擦擦藥就好，沒有什麼問題。」他睨了我一眼，「其實根本不必來看。」

「但醫生也說，這樣的傷口必須要消毒一下，打個破傷風比較安心。」我不甘示弱。

「……」他說不過我，逕自走出診所大門，還是一副不以為然的樣子。

走在他後頭的我，看著他高瘦的背影，突然覺得這一切真是荒謬。

我完全沒想到，自己會這麼堅持，主動陪一個見面不到半個小時的「陌生人」，為了打架受傷而去診所看診。現在回想起來，雖然診所離學校大門不遠，但我的主動，才是最令人驚訝的事。

而且掛號的時候，護士阿姨還以為我們是男女朋友。這個誤會實在令人很尷尬，都是那個護士阿姨太誇張了，我雖然不斷向她否認，但她卻笑嘻嘻地說不會向學校老師告狀什麼有的沒的……

總覺得這根本就是一場夢！我偷捏了臉頰一把，臉頰立刻作痛。

「妳是在笑嗎？或是暗自高興認識像我這麼帥的男生？」

我停下腳步，原本走在我面前的他不知何時停下了腳步，轉身看著我。上藥包紮後，他的傷口似乎已經沒有什麼問題了，人也有力氣跟我開玩笑，只是拋出問句的表情看起來很欠揍。

「帥？」

「是啊。」他聳聳肩。

我抬頭瞇起眼睛，假裝認真研究眼前這人的臉，發現他的鼻子挺挺的，眼睛很好看，確實是個長得不錯的傢伙，只是當心裡悄悄認同他的自誇時，一看到他戲謔的眼神，想到他自大的態度，我只好裝出不認同的表情，「算中上。」

「只有中上？」他好看的眼睛帶著笑意。

「中上，但是因為打架的關係，必須大扣分，而且這裡搞不好會破相，所以可能變成中等……」我挑著眉，踮起腳尖，指著他額頭上貼了紗布的傷口，「或中下下。」

「怎麼可能只有中等……」他哼了一聲，不滿意地說：「或中下下。」

「是啊！中等或中下下。」我點點頭，很堅持，「所以你最好以後別再跟人打架鬧事了，要是真的破相了沒人要，看你怎麼辦！」

他沒有再回嘴，臉上帶著淺淺的笑意，臉頰兩邊的酒窩深深的，很顯眼。

「我好人做到底，提醒你，醫生說接下來直到傷口癒合，都要記得過去換藥。」我看了一下手上的藥包，接著拿在他眼前晃呀晃，「這是消炎藥，有必要的話再吃。」

「嗯。」

將藥包遞給他之後，我看了一眼手錶，發現已經晚上九點多了，想到剛剛忘記告訴爸媽會晚點到家，趕緊拿出手機打了通電話回家報平安。雖然電話裡爸爸小唸了一下，但他沒有生氣，只是要我快點回家，並提醒我路上要注意安全。

「被妳家人唸了？」

我點點頭，沒有否認，「稍微嘮叨一下，不過還好啦！但我要趕快回去了，不然要是連我媽都加入戰局，一定會被唸死。」

「有沒有這麼誇張！」

「就是有……總之，好啦，我該要去牽車了。」我揮揮手準備跟他道別的時候，又想到他的問題，「對了，你要不要也打通電話回家啊？」

他搖搖頭。不知道是不是我的錯覺，此刻的他臉色跟先前開玩笑的神情不太一樣，彷彿變了另一個人，「不用。」

「這麼晚了，你家人說不定也正在擔心你。你沒帶手機沒關係，我可以借給你。」我伸出握著手機的手。

「真的不用。」他笑了一下，「他們很忙，經常晚歸，有時到凌晨時分，他們都還沒回家。」

「他們常常加班？」

「嗯，算公司的主管吧。因為從來都是如此，所以我跟我哥早習慣了。」

「是喔。」我點點頭。聽了他說的話，稍微懂了他臉上的落寞。

因為那樣的寂寞我也懂。

國小的時候，同公司的爸爸和媽媽經常加班和出差，身為獨生女的我，在爸媽加班的日子，放學後就直接到保姆家等。有時候等到睡著了，連自己怎麼回家的都沒有印象，而爸媽如果要一起出差，就會把我託到阿姨家住個幾天。

在我的印象裡，不管是到保姆家或是在阿姨家，我都玩得很開心，也不排斥爸媽加班，好像適應得很好，然而潛意識裡卻累積了許多心理壓力，常常在夜裡作惡夢驚醒。後來爸媽協調之後，決定要減少加班和出差的次數，多陪陪我，狀況才有所好轉。

「怎麼了，發什麼呆啊？」他突然開口，將我的思緒拉了回來。

「喔，沒事，只是想到以前我爸爸媽媽也常加班。」

「以前？那現在呢？」

「後來比較少了，總之現在他們會協調好彼此加班或出差的時間，盡量不碰在一起。」

「為了陪妳嗎？」

「嗯。」我苦笑了一下，「小學的時候，我常常因為父母不在身邊而作惡夢，可能是缺乏安全感的緣故。後來媽媽聽了阿姨的建議，才和爸爸在工作上做了調整。」

「恭喜妳，妳的爸媽很愛妳。」

「當然，但我相信就算你父母常常加班，他們也是很愛你跟你哥的。」

「是嗎？」他挑著眉，臉上的表情不置可否。

「當然啊！」我看了一眼手錶，「時間差不多了，我要去停車場牽車了。」

「我陪妳去。」他將藥包放進書包裡，和我併肩行動。

「不用啦，我自己走過去就好了，反正又不是很遠……」

「走吧。」他微揚著下巴催促著。

「我想你還是快點……」

他打斷我的話。「就像妳非要帶我去診所包紮一樣的堅持，我也一定要親自陪妳去牽腳踏車才行。」當校門口的交通號誌從紅燈轉換成綠燈，他拉著我的手越過馬路。

回到停車場，我在腳踏車前停下。

「謝謝你陪我走過來。我找一下鑰匙，你自己快回去吧。」我邊道謝，邊翻找書包，摸了摸一向放置鑰匙的小暗袋，又檢查其他的袋子，就是沒有找到腳踏車鑰匙。

他開口問：「不見了？」

「咦，奇怪……」我又重新找了一次，愈找不到就愈緊張，因為書包裡大大小小的暗袋裡，都沒有腳踏車鎖的鑰匙。

「別緊張，到這裡找吧！」他好心地拉著我的手，走到剛剛他坐的石椅旁，「妳坐下來慢慢找，或者把書包的東西倒出來，仔細檢查一下。」

「嗯。」坐在石椅上，我不停翻找著。

「確定沒有忘在哪裡嗎？」

「奇怪，剛剛遇到你的時候，我明明已經拿在手上……」我暫停手邊尋找的動作，努力回想剛剛遇見他時的經過，嘴裡喃喃自語。

我記得……當時正拿著鑰匙準備開鎖，後來被他低沉的嗓音嚇著，接著就把注意力轉移到他身上，然後又忙著處理傷口……照理說，我應該會把鑰匙放回書包或是口袋啊！

口袋！我趕緊找了一下口袋，但立刻失望。

「沒有？」

「沒有。到底會放到哪裡去了呢？」我抓了抓頭，再次回想剛才的經過，但依然沒有半點頭緒。

奇怪，應該放回書包裡了，但怎麼沒有？

「要不要把書包裡的東西倒出來？」坐在身邊的他，指著我腿上的書包。

「也只能這樣了，希望是混在裡面。」我嘆了一口氣，將書包裡的課本一一拿出來，再把文具與裝了私人物品的化妝包放到一旁，最後把書包翻過來往下倒，但那把和泰迪熊飾品扣在一起的鑰匙，卻沒有出現在視線中。

我又嘆了一口氣。

「妳家還有備份鑰匙嗎？」

「有。」

「不然，車子明天再騎回去，妳覺得呢？」他邊說著，邊貼心地將我的課本放回書包裡，又幫忙把筆袋和其他雜物收整齊，用溫柔的語氣問我。

「看來也只能這樣。」我背起書包的同時，忽然感覺因為突發事件而消失的疲倦感再度襲捲上來，和惠育說話時相比，現在全身無力的感覺更強烈了。

「妳家在哪裡？」

「學校往市區的路上，大概五、六站的路程。」我拖著腳步往停車場大門的方向走去，看了一眼錶上的時間，打了個呵欠，「我先去看看公車站牌的時刻表，再打電話跟爸媽說一聲好了。」

「欸，等等！」他一個大步走到我身旁，站在右手邊。

「啊，怎麼了？」

「坐計程車吧！」

「計程車？」我飆高音量，覺得他的提議很不可思議，「我說這位少爺，我一個高二學生，零用錢有限耶！搭計程車太奢侈了。」

「反正我今天也沒騎車，我們一起搭，共乘很划算。」他低下頭看著我，揚起的眉頭似乎增添了他的自信。

「順路嗎？」

「順路，而且也不遠。」他笑了一下，「這樣妳就不用擔心太晚到家了。再說，這段距離以共乘來計算，不至於太貴。」

我仔細想了想他的提議，如果車資平攤的話，算起來的確不會太貴，而且也可以省去等公車的時間。有效率又划算，正好可以早一點回家休息。

我看著他，猶豫了一下，「好吧。」

「手機借我。」

「為什麼？」

「我來叫計程車。」他大大的手掌攤開在我的眼前。

「喔。」

於是，我再次跟他一同走出停車場，等待即將到達的計程車。

「上高中以來，這是我第一次搭計程車回家。」也是第一次，跟陌生人共乘一部計程車回家……我在心裡嘀咕，但沒有把後面那句話說出口。

「今天狀況特別。」坐在前方副駕駛座，原本看著窗外景色的他，微微往後瞄了我一眼。

「對，有人跟仇家狹路相逢，我則是助人為快樂之本，結果腳踏車鑰匙卻平空消失不見。」我哼了一聲，將握緊的拳頭輕輕捶在前座的椅背上，「人家不是說好心有好報嗎？為什麼我覺得，事情好像不是這麼發展的。」

車窗玻璃上映著他的臉，好像帶著淡淡笑容。「掉東西是妳自己的問題。不過，也許等妳回到家，或者過幾天，那串鑰匙就突然出現在眼前了。」

「也許吧！」我點點頭，其實滿認同他說的話，因為在日常生活裡，確實很多時候，明明要找什麼東西卻找不到，但不想找或是決定放棄尋找的時候，就自然出現。

「幸好妳有備份鑰匙，這還算好解決。」

我累了，只用點頭代替回答，但沒多說什麼。將視線移向窗外，車速很快，窗外的夜景一幕幕往後跑，平常以腳踏車行進的速度看著的景象，此刻卻以六十公里時速向後倒退，感受截然不同。

這樣的感受，讓我突然想到國文老師最近提到「失之東隅，收之桑榆」的故事。雖然比喻不太合適，但我就是覺得，弄丟了鑰匙是所謂的「失之東隅」，而意外看見不同感受的風景就是「收之桑榆」。這麼一想，丟了鑰匙這件事情好像也沒那麼令人不開心了。

「你女朋友是在前面的便利商店下車嗎？」司機大哥操著台灣國語問。

「我不是……」

「對！前面那個便利商店。」

這傢伙，不但打斷了我的話，也不澄清司機對我們的誤會，我又往椅背捶了過去，表示我對他的抗議。

司機先生緩緩把車子停靠在便利商店前，讓我下了車，坐在前座的他不知道低聲跟司機先生什麼話，也打開了車門下了車。

「妳家……」他張望四周，「在哪？」

「這條巷子走進去。」

「我陪妳走吧！」

我擺擺手。「沒關係，真的很近，而且要司機先生等，好像有點不好意思。」

「司機先生說無妨，走吧。」

又推辭了一下，但實在不好拒絕他的好意，最後因為他的堅持，我只好依照他的意思讓他陪我走到家門口。

走到大門口，他往門上看了一眼，「快進去吧！妳爸媽應該都在等妳。」

「嗯，你也快回家吧！謝謝你。」我笑了笑，「啊，對了，計程車要付多少錢，記得告訴我，我再拿給你。」

「那是小事，再說妳的腳踏車鑰匙會不見，我也必須付一半的責任，計程車費就算是我的歉意，」他也笑了，「不然我良心也過不去。」

「這是兩碼子事，剛剛坐車前我們就講好了，該怎樣就怎樣。」

「這麼堅持？」

「是的。」

他攤攤手，對我的固執束手無策，「好，把妳的手機號碼給我，我回去再告訴妳多少錢。」

「一言為定，」我把手機號碼抄給他，揮揮手，再給了他一個微笑，「我該進去了，謝謝你送我回來。」

「該說謝謝的人是我。」他深深的酒窩因為笑容而更明顯。

「對了，記得醫生交代的，傷口別碰到水。」

「嗯，晚安。」

「晚安。再見。」我拉開大門，踏進去之後，轉身看了他一眼，「你怎麼還不走？」

「看妳進家門才安心。」

「我已經踏進我家家門了。」我指著自己的腳。

「好，晚安。」他揮了揮手。

我也揮手道別，「啪」的一聲將大門關上。

回到家，洗完澡之後，我就回到房間準備休息。

只是很巧，才剛關上房門，桌上的手機就響了起來。我看見螢幕上顯示是李安曄的來電，立刻接聽。

「好巧喔！我剛上樓進房。」

「我掐指一算，算準時間打的。」電話那頭的他，哈哈地笑著。

「最好是喔！」

「哈，其實我在妳家客廳裝了監視器，所以妳家有什麼動靜，我都一清二楚。」

我躺在床上，按了擴音，把手機放在床頭，「這個說法，我還真有點相信……看來我應該要請爸爸找人來檢查才行。」

我側身躺著，忽然想起安曄雖然常常有事沒事就會打電話來和我閒聊，但很少在這麼晚的時間打給我，忍不住問：「對了，怎麼這麼晚打來？」

「無聊啊！」

雖然是透過電話，但我腦海中彷彿能看見他說這句話的表情。

「無聊那還不去睡覺！」此刻的我，真想躲進被窩裡好好睡上一覺。

「但我心裡有事，睡不著。」

「唔，怎麼啦？」

「失戀了。」

「失戀？」因為驚訝的關係，我揚起聲，「真的假的？」

「當然是真的。」

「你什麼時候交女朋友了？我怎麼都不知道？」

「誰說我交女朋友？」

「不然何來失戀之說？」我聽得一頭霧水。

「我看見我小時候的新娘和別的男生在一起有說有笑的，這不是失戀是什麼？」

安曄委屈的語氣，讓我忍不住噗哧笑了出來，「你看到囉？」

「看到了，多麼刺眼的畫面！」電話那頭的他語氣頹喪地說：「我的心都碎了，真是太傷人了。」

「哈，你真的很誇張耶！」我翻了身，平躺在床上，用腳勾了被子蓋上，「別說我沒警告你，你如果再繼續把什麼『小時候的新娘』之類有的沒的話，成天掛在嘴邊，小心交不到女朋友。」

「謝謝妳的提醒，『小時候的新娘』。」安曄的咬字很故意，要是面對面的話，我肯定會往他的手臂上捶上一拳。

「哼。」聽到他故意的語氣，我重重的哼了一聲。

他忽然說：「好險我們現在不是面對面討論這件事！」

「什麼意思啊？」

「如果面對面的話，我一定早被妳揍了一拳。」

我哈哈大笑，沒想到腦海中才剛剛閃過這樣的想法，他立刻就說出同樣念頭的話。安曄真是了解我。

不過也難怪，就如安曄了解我一樣，我對安曄也有著很深很深的認識。

但嚴格說起來，與其說是彼此了解，倒不如說是我們之間有著一種青梅竹馬的默契。

身為獨生女的我常常會想，自己和安曄的默契，是不是就像是別人家兄弟姊妹之間從小到大培養的熟悉感？譬如我們一起吃麵，我會叮嚀老闆，安曄的那碗不要加蔥花也不要加香菜，而當我心情不好，安曄就會買個水果軟糖，在我眼前逗我高興，如果我被班上同學取笑或是受欺負，安曄也會衝第一個去替我討回公道。

安曄是保姆李媽媽的兒子。從前爸媽忙於工作，常把我託給李媽媽照顧，從那時開始，李媽媽的家，就像是我第二個家一樣。當時我就常常跟安曄和他的兄弟或其他鄰居的小孩們玩在一起，但很奇怪的是，不知道是不是因為年紀相當或者是個性特別合得來的關係，儘管後來爸媽減少了出差與加班，我也不常去李媽媽家了，但安曄和我兩個人的感情還是很好，不但每天幾乎一起上學，就連下課也常常混在一起，所以當時的玩伴都常常笑我是安曄未來的新娘。

「小悅，沒說話是因為睡著了？還是因為妳對我這未來的新郎感到歉疚呀？」

「你、好、欠、揍。」我一個字一個字的強調。

「妳又不是第一天認識我。」

「欠揍王！」

「不過，我真的很好奇，妳怎麼認識齊志吾的？」

「齊志吾是誰？」

「就是陪妳走回家的那個人呀。他叫齊志吾，妳不會不知道吧？」

「我真的不知道他的名字。」

「那妳怎麼會認識他？」

「這說來話長……總之就是我去牽腳踏車的時候，看見他因為打架受了傷，然後又陪他去學校對面的診所包紮傷口，結果回頭卻發現自己的腳踏車鑰匙居然不知去向，只好接受他的建議，一起搭計程車回家。」

「原來如此。」

「話說，你是怎麼知道他的名字？」我丟出疑問，「你認識他哦？」

「他是三班的，教室就在我們隔壁兩班而已，況且我們班上有好幾個女生都很喜歡他，每天光聽她們在喊什麼好帥好帥的，耳朵都快要長繭。」

「原來如此。」我微微點了點頭，看著天花板，想了一下齊志吾那張好看的臉，「他確實是滿好看的，難怪女生會喜歡他。」

「欸，妳該不會也被他『魅惑』了吧？」

「魅惑？李安曄，你的用詞也太古怪了吧！又不是狐狸精還是妖怪。」

他很堅持，「就是魅惑。」

「最好是啦！雖然他的好看是無庸置疑的，但是你放心，我不是以貌取人的那種人，而且你這麼了解我，一定知道，我怎麼可能會被那種愛打架、惹事生非的傢伙給

『魅惑』到呢？」說「魅惑」兩個字的時候，我特地加重了語氣。

「差點忘了妳是嫉惡如仇的林姿悅。」

「知道就好，」我打了一個大大的呵欠，「好啦，我想睡覺了。」

「嗯，好。晚安囉。」

「晚安。」

「對了，小悅！」

「還有什麼事？」

「那明天妳怎麼上學？」

「剛剛我爸說，明天他和媽媽都要很早去上班，叫我早點起床，自己去搭公車囉！」

「那我載妳就好啦！」

「對耶，好啊。」可能是因為太累的關係，我居然忘了可以請安曄幫忙。

平常我都是和安曄一起騎腳踏車上學的，如果碰上安曄沒補習的日子，我們也會一同騎腳踏車回家，偶爾當我鬧著不想騎車，說自己好累的時候，善良又好心的安曄還會主動提議要載我上下課。

只是今天，不知道是不是因為太累的關係，還是被晚上的遭遇嚇到，在爸媽叫我明天搭公車上學的時候，我竟然忘了可以請安曄幫忙。

結束通話，我調好了明天早上的鬧鐘，正準備把手機切換成靜音模式，手機卻又響了起來。

是陌生的號碼。

我看了一眼時間，猶豫了一會兒，決定接聽。

「喂？」

「喂，林姿悅，妳還沒睡吧？」

這聲音……有點熟悉，而且還直呼我的名字。暗自猜想對方是誰的同時，我一面回答，「快了。」

「今天真的謝謝妳。」

謝謝？聽他這麼說，我想起來電者就是今天受傷的那個男同學，也就是安曄說的齊志吾。

「別客氣。對了！那計程車的費用是？」

「我忘了。」

「喂！」

「我真的忘了。」

「你真不是普通的令人討厭！」我故意用不太開心的語氣抱怨。

「好啦，光是從明明怕得要命的妳執意拉著我去看醫生的舉動，我就知道根本拗不過妳的堅持。一共兩百二十元。」

「那我明天拿去給你，你是……」我回想著剛剛安曄說的班級，「三班的？」

「沒想到妳連我的身家都調查好了，這樣我就省得自我介紹什麼的。」

「誰要調查你的身家背景，真是臭美。」

電話那頭的他笑了笑，「那妳明天怎麼上學？需要我去載妳，或是共乘計程車嗎？」

「不用了，不是跟少爺你說過，我只是個跟爸媽領零用錢的高二學生而已。謝謝你有情有義的建議，不過，剛剛我已經跟朋友敲定上學的方式。」

「那好吧……對了，林姿悅！」

「啊？」

「今天真的謝謝妳。」

其實，這傢伙雖然愛打架，但沒有想像中那麼壞，態度上還挺有禮貌的嘛。

原本要按下結束通話的我，也友善的回應，「不客氣，我還要謝謝你陪我走路回來。」

「妳這麼仁至義盡，我不陪妳走夜路，也太不紳士了。」

「但你是傷者啊。」

他滿不在乎的哈哈笑了幾聲，才又開口，「還有，我想告訴妳，鑰匙掉了未必像妳說的是『好心沒好報』。」他停頓了幾秒，「那不過是一個小插曲而已。換個角度想，也有可能，這其實是老天爺要讓妳休息一下，換個方式早點回家。」

他語氣認真，我一下不知道該怎麼回答，含糊地回應，「嗯。」

「妳不認同喔？」

「不是不認同，只是這麼正面的想法……」被他一問，我愣了一下，不知為什麼，突然有種羞赧的感覺，只是……我幹麼羞赧？

「怎麼樣？」

「只是覺得這種正向思考的說法，從你這個愛打架鬧事的人嘴裡說出口，有點不可置信而已。」

「欸，說話憑良心好不好，什麼叫做『愛打架鬧事的人』？我說過，今天是意外。」

「怎樣的意外？」

「總之，就是個意外。」他咳了咳，「基於保護當事人的原則，實在不能說太多。」

「喔，是這樣呀。」我的語氣很故意，雖然可以感受到他語氣裡的認真，但我還是半開玩笑的語氣，一副不相信的味道。

「好啦，時間不早了，妳要睡了吧？」

「嗯啊，」我用咬牙切齒的語氣說話，「早說了準備要睡，就有人一直蓄意打擾。」

「哈哈哈，所以聽起來是怪我囉？」

「沒錯！就是你。」

「那妳休息吧，免得明天變成熊貓。」

「嗯，你也是。對了！你一定要記得得去換藥，要是傷口發炎就不好了。」

「好，那妳要陪我一起去嗎？」

「聽說你滿受歡迎的，或者你可以請其他對你有『遐想』的女同學一起去，你覺得這個提議好不好？」

他戲謔的說：「唷，連我有很多粉絲的事情都調查清楚了，可見妳對我也是滿好奇的。」

「齊志吾，你真的很有事！」我翻了白眼，「不聊了，我真的要睡了。」

「在說晚安之前……」

「又怎麼啦？」

「雖然妳已經知道我的名字，但我還是想跟妳自我介紹。」他鄭重地說：「林姿悅妳好，我是三班的齊志吾，在此非常慎重地告訴妳，我不是個愛惹事打架的傢伙，我的興趣兼專長是籃球、羽球以及游泳，很高興認識妳。」

我忍不住地笑了出來，這還是有史以來第一次有人認真地向我介紹自己。

於是我也刻意咳了咳清嗓，煞有介事地說：「齊志吾你好，我是九班的林姿悅，目前最大的興趣是看書和看電影，只可惜這兩個興趣都很花時間，對於高二學生來說有點奢侈。最後，很高興認識你這個……愛打架的傢伙。」

「林姿悅，顯然妳沒有認真聽我的自我介紹，也太沒禮貌了吧。」他很無奈。

「誰說我沒認真聽？」

「我說過，我不是愛打架的傢伙。」

「眼見為憑。」我哼了一聲。

他嘆了一口氣，「看在妳真的很想睡覺的份上，我就大人大量地原諒妳。快去休息吧，晚安。」

「晚安。」帶著笑意，我按下結束通話的按鍵。

也許昨天太累的關係，在跟安曄以及齊志吾講完電話之後，人就沉沉睡去，連房間的窗簾都忘了拉上，清晨五點多，就被照進房內的陽光從睡夢中叫醒。

不知道是不是被昨天出現在停車場的齊志吾嚇著，還是因為睡前和他們講了電話的關係，昏沉睡去的我，竟然作了一個與安曄和齊志吾有關的夢。

夢很真實，儘管夢中的我覺得一切太不可思議，但醒來之後卻覺得就像真的發生過一樣。

夢裡頭，先是安曄笑咪咪地說要跟我一起去逛街。拗不過我的要求，他先去一家好喝但常常大排長龍的飲料店買手搖杯，但等著他回來的我，居然被幾個奇怪的街頭混混找麻煩，對方手臂上好像還有龍虎之類的刺青。眼看其中一個混混揮拳要打在我臉上，突然一個人出現，很快將他們打倒在地，逼得他們拚命求饒。

當時驚魂未定的我拍著胸直呼「還好，安曄你有練過」，但仔細一看才發現，幫我制伏流氓的人不是安曄，居然是齊志吾！而且更詭異的是，他手裡還拿著兩杯冒著氣泡的飲料，但明明原本去買飲料的人，應該是安曄才對……

這個夢太奇怪了。

「小悅，妳在發什麼呆？」

「哦……」我尷尬地笑了。

眼前的安曄扮了個醜醜的鬼臉，將我拉回現實。「我都停在妳前面老半天了。」他抱怨地說。

「是哦，抱歉啦。」我走到他的腳踏車前。

「上來吧。」

「好。」我跨上腳踏車後座，將書包放好，就像以往偷懶不想騎車的時候一樣，搭安曄的便車去學校。

「我們今天去學校附近那間新開的早餐店買早餐。」

「你說粉紅色招牌那間？」

「嗯。」

「好啊！希望不會讓人失望。」

「聽班上同學說，那間很好吃。」

「那就去鑑定一下！」後座的我點點頭，拍了拍安曄的背，「不好吃的話，你回頭得幫我跟他們要賠償。」

他哈哈大笑，「不用吩咐，我也會這麼做的。」

「很好。」

「對了！」安曄突然想到什麼。

「嗯？」

「昨天看到有一部電影預告挺不錯的樣子，好像下個月上映，我們去看好不好？」

「下個月？」

「對啊，上映那天正好是星期天，我們下午去看。」

「可是你週六不是要補習？」

「我可以跟我爸媽請假啊。」

「他們會答應你嗎？」

「當然，我只要跟他們說，要跟自己『未來的新娘子』去約會，他們怎麼能不答應。」

「李安曄，喂！」我狠狠地往他後背捶去，卻因為他故意將腳踏車騎得歪歪扭扭而嚇了一跳。

「答不答應？」

「好啦，你小心騎啦！」

「一言為定囉？」

「嗯，一言為定。」

「就這麼說好。我會先買好電影票，健忘鬼不可以忘記。」

「誰是健忘鬼了？你才是超級大健忘鬼呢。」我抿抿嘴，又捶了安曄一拳。

「是是是。」

說安曄是健忘鬼可不是誣賴他。國小的時候，班上最常忘記帶美勞用品或課本的人，除了我之外，還有另一個男同學。那個時候，我常常因為忘東忘西，和他一起被老師處罰在教室門口罰站。記得當時只要上課鐘響，長長的走廊上除了偶爾出現巡堂的校長之外，經常可見我跟那位小男孩的身影。

不過通常筆直地站上十分鐘之後，我們就忍不住開始小聲說話，然後玩鬧起來，愈玩愈開心，原本受老師處罰應該要難過的，但最後反而不在乎了。被罰站這件事，在記憶裡，一點也不難受。

那個小男孩的名字，就叫作李安曄。

後來回想起來，我常常覺得，也許正因為有這樣的「革命情感」，所以安曄和我之間，才會有著比其他年齡相仿的玩伴們更好的感情與默契。

「安曄，說到健忘鬼這件事……」

「嗯？」

「這問題困擾我好久。我記得三年級時候的你，好像並沒有這麼健忘，怎麼四年級跟我同班之後，卻成為我罰站的好朋友了啊？」

「陪妳啊。」

「最好是啦！」我又捶了他的背一下。

「就是陪妳。」他笑嘻嘻的說，不正經的模樣。

我想了一下，「不過，當時還好有你……」

「是啊，還好有我，不然妳每次孤伶伶站在教室門口，一雙眼睛腫得像核桃一樣，整個超悲情的。」

「真的這麼慘嗎？」我吐吐舌。

「可憐死了！不過，我記得有一次妳超搞笑的，當老師生氣大罵妳怎麼又忘記帶東西來時，妳居然嚇得邊哭邊回，說誰誰誰也沒有帶呀，但是他們都偷偷打電話叫家長送來，根本就是作弊，還說妳爸媽都要加班，不可能幫妳送東西，妳很倒楣……氣得老師臉紅脖子粗！」

我哈哈大笑，「你還記得喔？」

「當然。」

「現在想想，當時真是天真。」

「是天兵。」安曄反駁我。

「哼，你才天兵呢。」

「而且不是『當時』，是從當時到現在。」

「李安曄，你真的很煩耶！」

「實話實說囉。」

「討厭！」停頓幾秒，結束了這個話題，我又想起原本想問安曄的話，「對了，你還沒回答我的問題。」

「什麼問題？」安曄邊說，邊停下腳踏車讓我下來，把車停好，走進早餐店點餐。

我們將菜單交還給老闆後，我繼續剛剛的話題，「就是四年級的你，怎麼突然加入了健忘鬼行列？」

「我剛剛回答了，因為陪妳啊。」

「李安曄，我想聽實話，不要再開玩笑了啦，」我翻翻白眼，舉起拳頭在他面前揮舞，「快點告訴我！」

「因為想陪妳。」安曄很認真的看著我。

我看著他認真的表情，忍不住大笑。「李安曄，你的演技愈來愈好了！裝認真還裝得真像。」

他嗤了一聲，「我是認真的。因為我不想看到雙眼腫得像核桃一樣大的林姿悅，因為我……」

「林姿悅！林姿悅！」

安曄的解釋被對街呼喊著我名字的聲音給打斷。我們兩人同時看向對街，只見一個臉上帶著開朗笑容的男同學朝我們這邊用力揮了揮手，手臂上有著因受傷的關係而包紮的白色繃帶。

我先是和安曄對看，接著趕緊轉向齊志吾瞪了一眼，並將食指放在嘴邊暗示他小聲一點，畢竟我可不想因此受其他人注意。

然而對街的他很故意地攤了攤手，一副「誰理妳」的模樣。原以為在制止的舉動之後，他會再做出什麼驚人之舉，但是還好，齊志吾只是揮了揮手，喊了「拜拜」，然後就和同伴一起騎著腳踏車離開了我的視線。

「莫名其妙，」我哼了一聲，「真是奇怪的傢伙。」

「妳口中那個『奇怪的傢伙』，可是許多女生眼中的天菜呢！」安曄小聲提醒。

「有人喜歡這麼奇怪的天菜？」我哈哈笑了，「對了，你剛剛說什麼呀？因為你不想怎麼樣？」

「沒什麼。」安曄聳聳肩笑了。只是我突然覺得，他此刻的笑容很奇怪，好像有些尷尬，又好像是苦笑，表情底下蘊藏著什麼我說不出來的情緒。

「走吧。」

拿著早餐走到腳踏車前，我還不肯罷休的追問，「剛剛話沒說完，到底你是想怎樣？」

「沒什麼。」安曄恢復了正常，臉上露出以往那般讓人安心的笑容，「只是想說，是因為跟一個健忘鬼在一起久了，所以我才也跟著健忘了。」

「只是這樣而已？你這不是推卸責任嗎？」

「才不是，這是近墨者黑的概念。」

「想把責任推到我身上喔！」我雖然嗆回去，但心中半信半疑，雖然覺得安曄的回答好像有點牽強，但又說不出哪裡怪異，可是眼看到了學校，不好再問，只好作罷。

「今天為什麼給安曄載啊？」才剛把書包放好，好奇的惠育立刻拋出問句。

「昨天沒有把腳踏車騎回去……哇，妳連我今天給安曄載都知道！」

「當然囉，看我消息多靈通。」她露出得意的表情，「而且根本不必我去親自蒐集情報，早上進教室之前，就聽到有人在討論這件事情了。」

我翻翻白眼，取出剛買好的早餐咬了一口，「這有什麼好討論的？」

「誰叫妳運氣好。校車開過去的時候，正好看見安曄載著妳騎車上學，車上的學妹們就開始七嘴八舌地討論了起來。」惠育挑著眉毛，饒有深意地說。

「真是無聊。」我嘆了一口氣。我當然知道她們會討論的話題。

早在高一的時候，大概是因為安曄很受學妹以及同年級女同學歡迎的關係，是眾所矚目的焦點人物，所以「李安曄有沒有女朋友」、「李安曄跟林姿悅是不是男女朋友」以及「林姿悅是不是暗戀李安曄」這樣的討論，我多少也有耳聞。只是這些空穴來風的猜測並不會影響我和安曄的感情，所以久而久之也就不當一回事，漸漸的，好奇者們慢慢摸清楚了安曄和我的關係，類似的討論也就少了。

但升上二年級，學校新進了一批高一生，安曄又再度成為高一學妹們注意的焦點，話題自然又被重複討論起，號稱「八卦蒐集情報站」之一的校車上，當然也不可避免會有這樣的話題出現。

每天早上搭校車上學的惠育，多多少少會聽到這樣的討論。

「其實，要不是我跟妳是好朋友兼死黨又是好姊妹，我也會以為妳跟安曄是一對。」

「真的假的？」我嚇了一跳。

「真的。」惠育點點頭，表情認真得嚇人，「剛上高一的時候，還跟妳沒那麼熟，看安曄每天到教室等妳放學，一起回家的樣子，我真的以為你們是男女朋友。」

「有這麼像？」

「對，」惠育停頓了幾秒，像是在思考什麼，「這麼說好了，儘管你們並不是當街摟摟抱抱或是卿卿我我，但看你們相處的樣子，就是有一種特別好的默契。」

「特別好的默契？」愣了一下，我抓抓頭，「我跟妳也有特別好的默契呀。」

「那不一樣。」

我咬了一口吐司，再喝一口熱奶茶，「怎麼不一樣法？」

「就是不一樣，很難說得上來啦！」惠育試著想要表達自己的想法，但卻又不知道該怎麼說，「不過，妳說會不會有一天……我是說，突然哪一天，妳和安曄發現對彼此的感覺改變，就成為男女朋友了？」

「不會。」我很確定。

「愛情這種事情，別太篤定。」

「不是篤定，我只是了解我和安曄之間的感情而已。」

她不認同，「妳太絕對了。」

我吃掉手中的吐司，「惠育，妳不知道，安曄對我來說就像哥哥一樣，雖然我們沒有任何血緣關係，但是從小一起長大的那種感覺，至今一直沒有改變過。我不知道他是不是依賴我，但是我對他的依賴很深，我覺得，就像對哥哥的那種依賴一樣。」

「最好妳知道對哥哥是哪種依賴感，獨生女！」

我噗哧笑了，「就是對家人的依賴感啦！我說過啊，安曄的家就像我的第二個家一樣。」

「但我想告訴妳，其實妳跟安曄成為男女朋友也滿棒的，你們很登對。」

「嗯哼。」我喝著熱奶茶，不置可否。

「對了，妳昨天為什麼沒有把腳踏車騎回去？」

「這說來話長，就是……」我嘆了一口氣，把昨天的經過再次簡單地敘述給惠育聽，「……總之，明明是幫助人的好事，弄到最後卻連我的鑰匙都丟了，真是好心沒好報。不過齊志吾說，這也許是老天爺要讓我搭計程車回去的安排，叫我別往不好的地方想。」

「妳說的是三班的齊志吾？」惠育一臉錯愕。

「對。」

「他真的這麼說？」

「是啊。」

「天啊，好帥喔。」

「啊？」我困惑地皺起眉頭，只見惠育的眼睛已經誇張地變成大大的紅色愛心。

「我原以為他只是個擁有好看外表的帥哥而已，沒想到還會這樣正面的鼓勵人呢！」

惠育的話也沒錯，我點了點頭，表示認同，但又強調，「只是關於愛打架鬧事這件事情，令人不敢恭維。」

「他不是說了嗎？那只是一個意外，妳就給了他這樣的評語，真不公平。」惠育皺皺眉，一副為齊志吾打抱不平的模樣。

「等等，惠育，妳認識齊志吾？」我突然覺得疑惑。

「認識啊。」

我嗆了一下。「咦，妳怎麼會認識他？」

「還說我呢，妳也認識啊！記不記得高一時的體育課？羽球對決的時候，妳和豪文同一組打男女混雙，曾經跟他對打過，妳都忘記了喔？妳還說他實力很強。」

「妳是說，他就是那個羽球打得很好的男生喔？」因為驚訝的關係，我差點控制不住音量。

「對啊，還問我認不認識他，根本就是妳自己忘記了。」

我回想了一下當時的情形，「……雖然忘了那個人的長相，但我記得，那個男生高高瘦瘦的。」

「就是他嘛！」惠育點頭說：「妳還記得嗎？當時他們班有人要搶我們的羽球場地，也是他出來主持公道的。」

我仔細回想，「這也太巧了吧！」

一切真的很巧，巧到讓我突然想起大人們常常說的「這就是緣份」之類的話。

高一的時候，有一次我們班與別班同一節課上體育課，當時因為羽球館的場地有限，所以協調好分開兩邊使用，但是有幾個女生霸佔場地，怎樣都不肯讓出來，最後在劍拔弩張的情況下，一個高高瘦瘦的男生出來說話，把場地還給我們。

記得當時那些女生們知道他的態度後，摸摸鼻子，沒敢多說什麼，雖然看得出來她們心裡不高興，但對於他的話，倒是不敢反駁。那時，我還跟惠育稱讚說這個男生滿有正義感。

只是沒想到，當時我口中那個有正義感的男生，居然是齊志吾，更沒想到他後來成了個愛打架的傢伙！

「是很巧，不過學校就這麼大，繞來繞去就是這些人，也不意外。」惠育說：「現在妳對他的評價改觀了吧？」

「沒改觀，反而對他形象打叉。他高一時人不錯，沒想到高二卻變成這樣，鬧事打架不學好。」

「妳真的很嚴苛耶，講話不公平。妳又不知道他是不是主動挑釁，他要是是被人找麻煩，自衛出手呢？」

「那也是打架。」我雖然堅持，但也覺得不能一概而論，「不過，管他到底是不是愛打架，都不關我們的事。」

「是這樣嗎？」惠育瞇起了眼，露出曖昧的笑容。

「妳笑成這樣是怎麼回事？不然還能怎樣。」

「我是想啊，要是交往的對象不是李安曄，換作是齊志吾的話，也很讓人羨慕的唷！」

「什麼跟什麼啊……」我白了她一眼。

「呀，班導來了！」惠育眼尖地看見從教室後門經過的班導，小聲的丟下了一句「齊志吾跟安曄，都是天菜」，接著趕緊將身子轉回去，準備上課。

我瞪著她的後背，壓低音量說：「妳真的想太多了。」

總之一整個上午，惠育和我的話題始終圍繞在齊志吾的身上，大概是因為好奇的關係，有的問題她還問了第二遍。

「嗯，我覺得他是個不錯的人。」最後，惠育下了結論。

「怎麼說？」

「他很體貼耶！還堅持陪妳走回去。」

「或許是因為他受傷的時候，我幫到他的關係……」

「那說聲謝謝就好了啊！一個不夠體貼的人，根本不會想到要陪妳走到家門口，」她摸著下巴思索著，「有的人搞不好連車都不下，隨便跟妳說聲再見就完了。」

「這麼說也有道理。」我點點頭。

「反正就是大加分。」

「大加分……」我吐吐舌，很故意地消遣她，「我看，他在妳心中的好評分數早就已經破表了吧！」

「難道在妳心目中的好評分數沒有破表嗎？」

我想了想，抓了抓頭，雖然是自己先提到「好評分數」的，但是當惠育反問我的時候，我竟然無法立刻回答。

等著答案的惠育睜大眼睛看著我，見我沒有回應，不死心追問，「快啦！幾分？」

「沒有幾分。」我皺眉。

「不會吧？」

「真的。」我思考著，雖然自己從來不會真正為誰打分，但偶爾會跟惠育鬧著玩，說誰的分數高、誰的分數低，只是，這些都是開玩笑而已。對於一個素昧平生，昨晚又以這麼詭異方式登場的人，實在不知道該怎麼評分。

「那我相信，一定是因為他的分數太高，所以妳才不知道怎麼評。」

我白了她一眼，「是因為打架大扣分，所以扣到負分了。」

「偏見！」

「嗯哼。」我揚起下巴。

「那妳怎麼不想想之前他在羽球館，為我們主持公道時的正義感？」

「這跟打架是兩碼子的事情。」

惠育堅持，「好吧，不管妳怎麼說，我覺得他就是天菜無誤。」

「或許吧，只是不管他是不是天菜，都與我無關。」我搖了搖頭，「我覺得啊，喜歡天菜的下場，就是遠遠看著對方，含著眼淚帶著微笑祝福他和另一個女孩有情人終成眷屬。」

育惠皺眉，「妳這人真悲觀。」

「這不是悲觀，是認清事實。」

「妳想太多了。」惠育輕哼了一聲。她一向認為愛情是需要自己去努力追求的。

「不是想太多，我是真的這樣認為。」我認真解釋，「妳想想，天菜原本就是受人矚目的對象，不然也不會被我們這樣熱烈討論。這點妳不否認吧？」

「當然。」

「一個人被這麼多人關注，想要得到他注意的競爭者也很多不是嗎？」見惠育點點頭，我又繼續說下去。「我表姊就說，這種長得特別帥的男人，特別容易被寵壞。」

「又是葳葳表姊！」惠育聳聳肩，「下次遇到葳葳表姊，我一定要好好罵罵她，都是她灌輸妳這種奇怪的想法。」

「妳不怕挨罵的人是妳啊？」我笑了出來。

葳葳是我的表姊，大我好幾歲，今年剛從大學畢業。之前讀大學的時候，惠育的社團曾經邀請就讀服裝設計科系的學長姊回社團演講，當時葳葳表姊也是受邀請的對象之一。

在那之後，可能是因為惠育和我的感情特別好，又一起吃過飯，所以葳葳學姊和惠育就也逐漸熟稔了起來，偶爾葳葳表姊回來，我們總會聚在一起吃飯，或是窩在葳葳表姊的房間裡談天說地。

不管是談葳葳表姊精彩的大學生活，或是聊她拒絕某個男同學追求時的經典名言與經過，都讓我們聽得津津有味。

當然，惠育和我最喜歡聽的是表姊大四的時候，被一個條件很好的外系男同學追求的故事，那人也是葳葳表姊和惠育口中的天菜。我看過對方的照片，確實是一個長得很陽光又帥氣的男孩。他追求葳葳表姊將近半年的時間，後來在表姊生日當天，在女宿舍門口拉開一道長長的告白布條，還送上九百九十九朵玫瑰花示愛，在浪漫的情況下，葳葳表姊接受對方的追求。

那陣子，表姊每次聊到男朋友的時候，臉上總是漾著特別幸福的笑容。當時惠育和我都直呼戀愛真有神奇的魔力，當然也為找到真愛的表姊感到高興。

只是可惜，那個曾經被我們認為是表姊真愛的男孩，其實只是朵爛桃花而已，根本與「真愛」兩個字沾不上一點點邊。

在那之前，表姊之所以不想在大學時期談戀愛，就是因為認定「學生時期的愛情通常不會有好結局」，所以始終不願意與其他人交往，但後來被那個天菜的溫情與浪漫攻勢所感動，才決定在一起。

但因為分手過程很悽慘，所以在分手後，表姊更加堅定她原本的想法，覺得學生時代的愛情只是一時的，會長久到最後的人根本寥寥無幾，倒不如畢業後到了職場上，找彼此觀點和生活圈等條件都相近的對象，再談戀愛比較實在。

「我才不怕被她罵咧！」惠育皺起鼻子，「該罵她的人是我才對，都是因為她灌輸妳一些有的沒的負面思想，才會讓妳對感情這件事情這麼悲觀。」

我伸出食指，在惠育面前晃呀晃，「這不是悲觀。」

「不管是不是悲觀，我覺得妳不應該被葳葳學姊的話主宰自己的愛情觀。」

我看著認真的惠育，她表情比剛剛嚴肅了些。每次談論到這個話題的時候，她就會變得無比認真。

我知道，不管是葳葳表姊或是惠育的說法，其實都對。這只不過是每個人對於愛情與感情的看法不同而已，沒有誰對誰非，只是在看到學校幾位學長姊的戀情要不是很短暫，要不就是後來因為就讀的大學不同而分手，再加上聽了葳葳表姊的論述之後，我愈來愈覺得，表姊說的一點也沒錯。

「也不是被她的想法所主宰，我只是覺得，她說的很有道理罷了。」

「但是啊，」惠育點點頭，「愛情來了的時候，妳也不要拒絕。」

我笑了，「我不會拒絕的，因為我知道，不管是什麼時候來臨的愛情，都有可能是真愛。」

「那就好。」惠育豎起了大拇指，總算露出滿意的微笑。

今天不知怎麼搞的，上午第四節課才剛開始，肚子就咕嚕咕嚕叫。一到午餐時間，領到訂好的便當，就立刻回到座位享用午餐。

每天的午餐時間，除了惠育之外，坐在惠育右手邊位置的綺綺也會把椅子拉過來，三個人一起邊吃午餐邊聊天。

聊天的內容不外乎是課堂上誰鬧了笑話，或者是昨天晚上哪個綜藝節目搞笑的內容等等，總之都是些有趣的話題。

「綺綺，妳今天訂壽司喔？」惠育看了一眼綺綺的便當。

「嗯，妳們要嗎？」綺綺露出洋娃娃般甜美的微笑，不等我們回答，立刻各夾了一個壽司放在我和惠育的便當盒裡。

「謝謝。」我和惠育異口同聲，我也夾了一塊雞肉放在綺綺的便當盒。

「姿悅，今天妳又偷懶，給安曄載來學校了喔！」綺綺笑著，小口小口地吃著她的壽司。

「不是偷懶，」我立刻反駁，「是因為我昨天把腳踏車鑰匙弄丟了，今天才會麻煩他。」

「雖然有時候給安曄載，確實是因為偷懶。」惠育補充，表情很欠揍。

「惠育，有必要補充說得這麼明白嗎？」

「大家都知道，妳是自己偷懶不想騎車想要人家載，還怕別人說喔！」

「就是因為大家都知道了，所以不需要特別強調。」

「好，好，好！我不特別強調，但是我要大聲宣布。」惠育將手放在嘴邊，假裝要大聲嚷嚷，但見我握緊拳在她面前揮舞恫嚇的樣子，她就不鬧了，帶著故意的笑容再次拿起筷子。

「真好！」綺綺突然說了這兩個字，一樣姿態優雅，小口小口吃掉剩下的肉鬆壽司。

「唔，什麼真好？」我納悶地看著綺綺水汪汪的大眼睛。

「妳有像安曄這樣的青梅竹馬啊……」她笑了笑，漂亮的嘴唇彎彎地向上揚著。

「什麼意思？」

「我只是覺得很羨慕，妳有像小說或是偶像劇裡面那樣的青梅竹馬，而且感情還這麼好。」

「喔，」我夾了一口菜放進嘴裡，「綺綺，不過我和安曄之間，可沒有小說或是偶像劇那樣的浪漫，我們時常會打打殺殺。」

綺綺不知道想什麼，遲疑了一下，接著又笑了，「是這樣嗎？」

「是啊！不過有時候想想，如果沒有安曄的存在，我的童年生活應該會過得挺無聊的。」

「像我就沒有這樣的青梅竹馬。」惠育誇張地嘆了一口氣。

「我也是。」綺綺苦笑了一下，「所以覺得姿悅真幸福。」

「嗯，安曄確實在很多時候帶給我很多力量。」

「前天在補習班上課的時候，我還跟他聊到妳。」

「聊什麼？」我皺皺鼻頭，「他一定是跟妳講我的壞話吧？」

「也沒講什麼啦！只是聊到妳國小時，是班上數一數二的健忘鬼，常常被老師罰站在教室門口。」

「哈哈，對啊！當時我真的是出了名的健忘鬼無誤。」我又夾起菜放進嘴裡，「不過原本只有我一個人健忘，但不知道怎麼的，安曄突然近墨者黑，也跟著忘東忘西，最後正式加入了健忘鬼的行列。」

「嗯……」綺綺像在思考什麼，突然沉默了。

「怎麼了？」看著她臉上怪怪的表情，我覺得非常疑惑。

「哈哈，只是覺得近墨者黑這個說法好有趣。」再次開口的綺綺，又恢復平常一樣的笑容。

我不以為意，「是啊！當時老師還說，是我帶壞安曄。」

「這麼誇張喔？」惠育睜大了眼睛。

「因為我太常忘記帶東西了，所以老師對我印象不太優。」

「哪個老師會對常常忘記帶東西的學生印象好？」熟悉的嗓音打斷了我們的對話，一瓶我最愛喝的奶茶從天而降，出現在我的面前，「給妳。」

「謝謝安曄。」我接過鋁箔包裝的奶茶，放在桌上，「你吃飽囉？」

「是啊。我朋友說要去買飲料，順便幫妳買了一瓶。」安曄露出他的招牌笑容，再把手上的另外兩瓶紅茶放在其他人面前，「沒記錯的話，綺綺和惠育不喜歡喝奶茶，我買了紅茶給妳們喝。」

惠育高興地道謝，綺綺有些不好意思，臉紅紅的，低聲說：「謝謝。」

「那我先走囉！今天我值日生。」安曄擺擺手。

「嗯，快去吧。」我放下筷子，「謝謝你，還特地幫我們買飲料。」

「不客氣。不過，今天便當真有這麼好吃喔？」

「啊？」

安曄帶著好看的笑，用他修長的手指碰了碰我的臉頰，將沾在指尖上的飯粒黏在我的手掌上，「妳帶飯包了啦！」

「唉唷！」我尷尬極了，瞪了他一眼。

「真誇張，妳是三歲小孩嗎？好啦，不說了，等等我來不及，又要被班導唸了。再見。」

我揮揮手，拿起筷子，準備將剩下的白飯吃光。

「對了，安曄，」綺綺突然叫住他，站起身，「今天補習班的功課你寫好了嗎？」

「還有三題沒寫好。」

「那……」綺綺用面紙擦了擦嘴，轉身從抽屜拿出一本補習班講義，「這先給你，有空趕快完成吧。」

「好，謝謝妳。」安曄笑笑地接下了綺綺的講義。

邊吃便當邊看著眼前這一幕的我，正覺得安曄對綺綺說話的口氣比對我要來得溫柔一百倍的時候，突然被他輕輕拍了一下。

「幹麼打我啦？」

「希望妳多跟綺綺學習，這麼優雅又這麼善良。」

「李安曄，」我哼了聲，「如果你是想要追我們的班花綺綺，要先抽號碼牌喔！對不對？惠育。」

「是啊！請跟我領號碼牌。」

「惠育、姿悅，幹麼講這個啦！」綺綺因為害羞的關係，臉頰紅紅的，模樣顯得更可愛了。

「好啦，我真的要先走了。綺綺，謝謝妳的講義。」安曄帶著綺綺的講義，離開了教室。

「看吧，這麼體貼的青梅竹馬，還特地送妳最愛的奶茶過來。」惠育闔上便當蓋，套上橡皮筋，「綺綺，妳說對不對？」

臉頰還是紅通通的綺綺笑了笑，「是啊，所以我剛剛才說，很羨慕姿悅能有這樣的青梅竹馬。」

「其實青梅竹馬就是互相消遣。」我吃掉最後一口飯，將便當紙盒與惠育的便當空盒疊在一起。

「不過，我現在才知道，原來你和安曄在同一個補習班喔？」惠育疑惑地問。

「嗯，高一下學期就同一個補習班了，因為老師管得很嚴，所以通常我們的作業都會『互相交流』一下。」

「了解。」

我說：「妳都這樣幫他，還借他作業，難怪安曄常會叫我多跟有氣質的綺綺學學，不要老像個野蠻人一樣。」

「他開玩笑的，他就是喜歡這樣鬧妳吧。」綺綺露出甜甜的笑。但不知道是不是我的錯覺，我覺得此刻的綺綺好像和平常的她有一點點的不一樣，究竟怎樣的不同，我也無法確切的形容出來。

「誰說的，說不定他就嫌我粗魯。」我聳聳肩。

「他才不會這樣想呢。而且，我覺得，如果我是妳，能擁有像安曄這樣從小玩到大的兒時玩伴，一定會覺得很開心！」

「綺綺，」惠育瞇起了眼，「妳該不會也是安曄的粉絲吧？」

綺綺連忙擺手否認，因為不好意思的關係，臉蛋更紅了，「才不是！我、我只是……」

「那麼緊張幹麼？」笑著的惠育拍拍綺綺的肩。

「惠育是開玩笑的啦！」

「是啊。」

綺綺因為尷尬的關係，難為情地笑了一下，「我只是覺得，李安曄真的對姿悅好好，而且，我說了妳們不要笑喔……」

「好。」我點點頭。

「我覺得安曄之所以會有這麼多人喜歡，不是沒有原因的，他總是那麼體貼。」

「所以？」

「沒有所以啊，只是覺得他人不錯而已。」

惠育起鬨，「我們覺得妳也很好啊，要不然，乾脆來辦個撮合大會？姿悅，妳覺得怎麼樣？」

「不要啦，我只是說他人不錯，又沒說我喜歡。」綺綺的臉更紅，像顆蘋果一樣。

「我開玩笑的，別在意。」惠育笑咪咪的說著。等綺綺也吃飽了，我們一起收拾好便當，享用安曄買來的飲料。

午休時間，我和惠育被班導派了公差，要我們兩個人到辦公室去幫忙老師整理作業抽查的作業本與資料。因為之前整理過的關係，所以這一次，我們只花了二十幾分鐘的時間，就已經把習作本、作業本以及成績登記表全部整理完畢，連班導都說我們的辦事效率很高。

和惠育離開了辦公室，眼看午休時間還沒結束，正猶豫著是不是要回教室睡午覺，或是去哪裡小摸魚一下的時候，走到樓梯口，忽然聽見走廊後方傳來幾個人說話的聲音，從說話的音量和口吻來判斷，他們人不少，有點像是爭辯或是在解釋什麼，但真要聽清楚內容，又有點困難。

「還是回教室睡一下好了，」惠育說：「不然下午上課精神會不好。」

「嗯。」我點點頭，正想跟惠育回教室，只是才踩上一階階梯，就聽見那群人的嗓門變得更大，其中夾著一個低低的聲音，一直說什麼「抱歉」、「對不起」之類的話。

我停下了腳步，和惠育疑惑地對看一眼。但惠育想了想後搖搖頭，拉著我的手，要我繼續上樓。

「好像有人遇到麻煩耶！」我小聲地說。

「不關我們的事，我們先回教室去好了。」她拉著我的手說。

「可是，如果是打架怎麼辦？」

「但我們留下來也幫不上忙呀！」

想想也是，我跟著惠育向上走。就在同時，那個原本低聲說「抱歉」的人，突然喊出「拜託你們別打我」的話來，我忍不住停下了腳步。

「少管閒事！」惠育小聲警告，「要不然惹上麻煩怎麼辦？」

「不行，我要去看一下。不然妳在這等我，如果等一下情況真的不能控制，妳再幫我的忙，把班導叫來好嗎？」

「喂！妳說真的假的？」

「當然是真的，拜託妳了。」

「但他們要是遷怒妳怎麼辦？」

「沒關係，我會小心的。」我也覺得緊張，忍不住吞了口口水，「總之，如果看見我有危險，妳就趕快去叫班導來！」

我轉身下了階梯，從走廊旁繞了過去，往發出聲音的方向走去。

果然是打架……不，嚴格說起來，是幾個人在圍毆一個人才對。

我又嚥了嚥口水。此刻的自己滿懷緊張，心臟正因畏懼的關係，跳動得很快，手心微微冒汗，正當我後悔，覺得自己這麼做太魯莽，不應該冒險，應該直接拔腿就跑，和惠育去辦公室找班導過來處理的時候，那個正舉著手準備再出拳揍人的傢伙，朝我的方向看了過來，和我四目交接。

完蛋了，連逃跑都來不及了！

現在應該怎麼反應才好呢？

「有事嗎？」對方放下了原本舉在半空中的手，冷冷問。

「沒、沒事。」

「沒事就滾。」那個人移開目光，又朝對方揮拳。

我握緊雙手，看著眼前的一幕，深深吸了一口氣，又緩緩吐了出來，「同學，可以不要這樣……欺負人嗎？」

這次看著我的，不只是帶頭的頭頭而已，他的同伴們全都望向我，眼神充滿敵意。領頭的人語氣不善的問：「妳是誰罩的？」

誰罩的？

「說啊！」

「我沒有誰罩，只是覺得不該這樣欺負人而已。」

「嗯哼，」領頭揍人的傢伙丟下那個被欺負的目標，直走到我的面前，瞇起了眼看著我，「妳膽子很大！」

「這跟膽子沒有關係，我只是覺得……」

「她是我罩的。」在我冷汗直冒的同時，一個有點熟悉又有點陌生的聲音突然響起。我疑惑地往右後方看去，才發現那個人是齊志吾。

「齊志吾？」那個人揚起了眉，看著走到我身旁的齊志吾。「你是什麼意思？」

「沒什麼意思，只是在我看起來，你似乎是想對她動手？」

「她不是挺有本事想要插手嗎？活該挨揍！」

齊志吾哼了一聲，二話不說，快速地揮出拳頭，站在他旁邊的我只感受到一陣輕風拂過臉頰，當我回過神來的時候，就看見他的拳頭停在那人眼前不到一公分的位置。「我認真警告你，不管是現在或是以後，誰敢動她，我絕對不會放過。」

我愣了一下，看著對方驚慌的臉色，又轉頭看了看齊志吾的側臉，他的表情很嚴肅，冷冷的，很難與昨天那個溫和的齊志吾聯想在一起。我又吞了一下口水，看著眼前劍拔弩張的兩個人，因為緊張，心臟怦怦怦跳得好快。

「有話好好說！」那個人態度軟化。「我知道你的意思了，就當今天這事沒發生過。」

「希望你是真懂。」齊志吾冷笑了一下，「另外，別再打了，放那個人走！」

對方嗓門大了起來，「你想插手我們的事？」

「誰叫你運氣不好，被我看到。還是你想跟我幹一架？」他說：「我不介意。」

齊志吾的威脅非常明確，那幾個人見狀，似乎不想把事情鬧大，後面的人鬆了手，挨打的男同學立刻連滾帶爬地逃走了。

「林姿悅。」齊志吾喊了我的名字。

「嗯？」

「走了。」沒等我反應，他就拉著我的手臂，把我從這些人面前帶走。

「沒事就好，你們聊吧！我先回教室。」

看我和齊志吾脫離危險，惠育首先關心的，並不是我的安全，而且一臉崇拜地看著她眼中的天菜齊志吾，只差沒有當著他的面拜倒在地。

確認對方不會追過來算帳，討論了一下剛剛遇到的狀況之後，惠育就說要回教室，只是當我說要跟她一起回去的時候，她卻偷偷對我眨了眨右眼，然後小聲在我的耳邊提醒，要我別忘了謝謝齊志吾幫忙解圍的事。

看著惠育三步併作兩步跑上樓，留下我和齊志吾站在樓梯口，我有點尷尬。因為樓梯口位置顯眼，難免有人來去，又怕被老師發現我們午休在外面遊蕩，於是我拉著齊志吾走到角落。

「現在不是午休時間嗎？你怎麼會出現在這裡？」

「這問題應該是我問妳才對，沒想到資優生也會趁著午休時間出來閒晃摸魚。」

他斜靠著牆，完全不回答我的問題。

「我不是出來閒晃的好嗎？我是跟惠育出完公差，正要回教室。」

「然後在走回教室的途中，順便見義勇為？」他的眉毛微微揚起，講話的口氣平平。

「我沒說我是見義勇為。」我試著解釋，「對了，你怎麼會知道……呃，我是說怎麼這麼巧，你會突然出現？」

「我不是突然出現，但這是巧合沒錯。」他挪動了一下身子，一樣靠在牆邊，

「我坐窗口的位置，睡不著往窗外看，就見一個不知死活的女生演出見義勇為的戲

碼……」

「齊志吾！」看他說話的樣子及表情，似乎不怎麼高興，「你幹麼這樣說話？」

「我才想問妳這句話。」原本靠在牆邊的齊志吾往前挺身，嚴肅地看著我，「妳知道妳剛剛的行為有多危險嗎？」

「我只是覺得他們不該這樣欺負人……」

「那妳大可以去報告老師，幹麼自己跑過去送死？」

「我只是去確認情況，不小心被發現，就走不掉了。其實，原本也沒有打算要這麼冒險的。」我嘆了一口氣。

「我到的時候，並不覺得妳有退讓的意思。」他語氣冷冷，眼神直直看著我。

「我當時覺得害怕，但又不想眼睜睜看那個人被繼續欺負下去。他們幾個人打一個人耶……所以，一時衝動就嗆聲了。不過我有跟惠育說好，真要發生什麼事的話，她會立刻通知老師。」

「等她報告老師，妳可能已經挨打了。」

「但我不是沒事了嗎？你怎麼這麼認真啊！」

「我覺得妳做事太衝動了。妳想過沒有，即使通知老師，阻止了那些人，但他們很有可能事後會再去找妳麻煩，到時候妳要怎麼辦？」

他說得一點也沒錯，剛剛我的確實太衝動了點。而且就像他所說的，即使老師趕來，我也有可能已經吃了一記拳頭或挨了對方的耳光，更何況，就算老師在第一時間趕到，這些人也不像是會善罷干休的樣子，可能事後會到教室來找我算帳，接下來將是一場沒完沒了的麻煩。

只是，一抬頭看見齊志吾認真到不行的表情，聽他冷冷說話，明明我心裡認同他所說的，但卻不知道該說什麼回應對方。

「下次別這麼衝動。」

「嗯。」我點點頭，不想再多解釋什麼。

「妳怎麼了，被嚇到了嗎？」也許是見我沒有反駁，他突然放軟了語氣。

「不是，我只是覺得你剛剛說的很有道理。我確實太衝動了，應該趕快報告老師，而不是自己先去探個究竟，結果反而被牽連，但是……」我抬起頭，認真看著他，「難道你的解決方式是對的嗎？你威脅他，甚至出拳警告他。這樣一來，也許他下次找的人就是你。你的作為跟我的衝動相比，又有什麼兩樣？」

「我無所謂。」他聳聳肩。

我哼了一聲，「我承認剛剛我的確怕得要死，但如果我也說我無所謂呢？」

「林姿悅！」

「我很感謝你為我解圍，我承認你出現的時候，我真是鬆了一口氣。」我停頓了幾秒，「但是老實說，我不認同你這種以暴制暴的方式。」

「面對那種人，當時的狀況……」

「齊志吾，你的傷都還沒好，難道又想增加新的傷口嗎？」

他微低下頭，瞇起眼盯著我說：「妳皺眉，是因為擔心我嗎？」

「齊志吾！」因為距離很近的關係，我突然有點不知所措，於是往後退了一步，假裝露出凶狠的表情，握拳在他包紮繃帶的額頭上輕輕施壓，「你想太多了，我不但不擔心你，還非常有可能會忘了控制力道，讓你的傷口，嘿嘿……」

「真正使用暴力解決問題的是妳吧，這位同學。」他揚起了眉，帶著淡淡的笑意看我。

「我才沒你那麼凶狠。」我哼了聲，非常不以為然，正想繼續反駁他的時候，宣布午休結束的鐘聲正好響起，打斷了我和他之間的唇槍舌戰，「我要回教室去了。」

「再見。」

「再見……」我揮揮手，轉身想踏上階梯，但突然想起就算自己不認同他解決事情的方式，無論怎樣，還是必須跟他道謝，「齊志吾！」

「嗯？」

「剛剛謝謝你。」

他先是愣了一下，然後大笑出聲，「突然這麼客氣，我有點不習慣。」

我給了他一個白眼，「你的意思是我很粗魯無理？」

「我沒這麼說。」

有幾個同學走下樓梯，我往旁邊靠，「總之，真的謝謝你就是了。不過，我依然不認同……」

「用以暴制暴的方式解決問題對不對？」他打斷了我的話。

「對。」我認真的勸告他，「為了你的生命安全著想，我勸你應該改掉凡事用拳頭解決的壞習慣。」

他點點頭，好像在思考什麼，過了幾秒才開口，「林姿悅，不然這樣好了。」

「什麼這樣好了？」

「我答應妳以後不用這樣的方式處理事情。」

「那就好。」我點了點頭。

「交換條件，妳也必須答應我一件事。」

「請說。」

「以後遇到這樣的事情，別再衝動了。」

我看著他的眼睛，發現他的眼神裡有著莫名的認真，而且奇怪的是，對於他的認真，我竟然不知道該用怎樣的口氣回應。

也許因為我的沉默，他又開口，「不敢答應？」

「誰說我不敢了？」我立刻反應。

「不然為什麼不說話？」

「沒有為什麼。」

「那麼，就這樣一言為定。」他突然伸出手，拍了拍我的頭，轉身準備離去。

「喂！」

「嗯？」他轉頭看了我。

「幹麼單方面說什麼一言為定啊！我還沒答應耶。」

「這容不得妳。」他很故意的聳聳肩。

「霸道耶！」我掄起拳，在他面前揮呀揮的，「不過也沒關係，我覺得關於動用武力的約定，你執行的難度比我更高。」

他笑了。「也許吧！總之，妳不要再這麼衝動就是了。記住，有些麻煩不是今天畫上句點就一定會是句點的。」

「什麼意思？」

「有人會趁機報仇啊。」

「意思是說，有一天他們可能會在半路堵我？」

「對。」

「那該怎麼辦？」我想了想，覺得他說的並非危言聳聽，之前我也耳聞過類似的情況。

「不過妳放心，我會保護妳。」

不過妳放心，我會保護妳……

這是什麼跟什麼嘛！

下午的課程再加上晚自習時間，我的思緒始終沒有專注在課堂上，也沒有停留在課本裡。腦海裡想到的全都是齊志吾說的那句話，以及他說話時的認真表情。

好幾次，他說那句話時的表情以及聲音，不斷在我腦海中反覆播放，我雖然嘗試著把專注力拉回課本上，只是很奇怪，愈想要讓自己專心，就像著了魔一樣愈是無法靜下心來。

放學後，我背著書包，和惠育像平常一樣在校門口道別，正想轉身去停車場的時候，因為踩到地上的石頭，差點扭到腳，「哎唷！」

「妳小心一點。」惠育俐落地扶了我一把，看我站定，不忘給我一個極為曖昧的眼神，「看來，齊志吾那句話真讓妳魂不守舍！」

「我只是不小心踩到石頭好嗎？」

「是這樣嗎？」惠育的語氣全是不信，偷偷壓低了聲音說：「其實，別說妳是當事者，我光是聽妳轉述，小心肝就已經怦怦跳了。」

「誇張。」我白了她一眼。

「哪有誇張！」她一副很有把握的樣子，「再說，我可是全程目睹他緊張反應的第一目擊者耶！」

「什麼意思？」

「那個時候，妳不是要我看情況不對就趕緊去報告老師嗎？」

「是啊。」

「發生衝突的時候，我還在猶豫要不要去教師辦公室找救兵，轉身就看到一個男同學衝了過來，他跑那麼快，差點撞到我！」惠育雙手合十，一副崇拜的樣子，「我看見他臉上擔憂的神情……哎呀，超帥的！」

我皺著眉，半信半疑地看著眼前在回憶裡陶醉到不行的惠育，「以上純屬虛構？」

「完全屬實。」

「是喔。」我想了想惠育的話，再回想當時彷彿救星一般出現的齊志吾。雖然那時的我緊張得半死，但也能感受到他的擔憂和著急。

「好好喔，他對妳真好！」

「還好吧。」

「說話講良心，什麼還好？」她又是一副陶醉和感動的表情，「總之，我好羨慕妳！」

「說什麼羨慕啊。」我吐吐舌，不以為然。

「那不是英雄救美嗎？嘩，要是其他女生知道這件事的話，一定也會這麼想吧。」

我回想起齊志吾幫我時的言語和表情，「其實，我不知道他是不是對我好，但是他的即時幫忙，確實讓我有被感動到。」

「看吧！」

「不過，也許因為我是他救命恩人的關係吧，所以他才這樣幫助我。」我俏皮地眨了眨眼。

「有可能是這樣沒錯，」惠育點點頭，「但他幫妳是事實。總之，我真的覺得妳今天的遭遇真是太夢幻了！好啦，我要趕公車了，妳回家小心。」

「拜拜。」我揮揮手，往停車場的方向走去。

才剛走進停車場，就看到一個高高瘦瘦熟悉的身影，笑嘻嘻地對我揮了揮手。我對著他扮了個很醜的鬼臉，故意將下巴抬得高高的。

「小姐，妳很傲慢耶！看到我連聲招呼也不打，什麼意思啊？」

「你不趕快回家，等在這裡幹什麼？嚇人啊！」我故意輕哼，打開書包找腳踏車鑰匙。

安曄有些不安的問：「有帶吧？」

不到幾秒的工夫，我就從書包搜出那把備份鑰匙，得意地在他面前晃呀晃，「當然有帶。」

「那就好。」

「你還沒說，你怎麼會在這裡？」我瞇起眼，「難道是等我？」

「是啊，我怕妳又忘了帶鑰匙。」

「最好我有這麼健忘。」我嘴裡反駁，但心裡卻因為他的貼心而覺得感動。

安曄笑了笑，接過我手上的鑰匙，很體貼地幫我開了腳踏車的大鎖。「走吧！」

「謝謝。」心裡覺得暖暖的，我衷心向安曄道謝。

一直以來，我很喜歡安曄臉上這樣的笑容，也許對其他女生來說，安曄的笑容是帥到不行的有魅力，但對我林姿悅而言，那卻是能夠給我安心的力量的微笑。

「不客氣……喂，幹麼這樣看我，還看我看到發呆！」

「哪有啊。」

「不然呢？妳看妳，看著我眼睛都不會動。」

「只是覺得感動而已。」我嘟嘴說：「還有啊，我覺得對別人來說，也許你的笑容只是單純的帥，但對我而言，卻能讓我安心。」

「哈！」安曄哈哈笑了，「就像水果軟糖一樣能讓妳安心？」

我也笑了。「對啊。」

「等等我們去吃個點心，好嗎？」安曄提議。

「為什麼？」

「可能今天打了三對三的緣故，熱量消耗太快，我有點餓。」

我看了下時間，然後才點點頭，「好，要吃什麼？」

「燒餅油條。」

於是，像往常一樣，我在前面騎車，安曄在後面跟著。我們騎車總是很有默契，我的速度慢下來，安曄的速度也會跟著慢下來，而我加快速度的時候，安曄也總能跟上。不管是小時候還是現在，他就是能夠追得上我，甚至讓我覺得，我們之間有著一種微妙而堅定的平衡。

國中的時候，我曾問過安曄，問他怎麼能夠這麼厲害，不管我騎快騎慢都能夠隨時跟上？他先是臭屁地說，他就是這樣一個擁有超強專注力的人，但後來又收起了壞壞地笑容，告訴我那是因為當我騎在他前面的時候，他唯一專注的目標，就只有林姿悅而已。

很快，我們到了離家不遠的燒餅油條店，這是安曄和我從小吃到大的店。我們點了兩份燒餅油條跟豆漿，立刻大快朵頤起來。

「結果鑰匙真的不翼而飛喔？」

「不知道掉在哪裡。說也奇怪，我明明記得拿在手裡的，可是陪齊志吾去診所之後，回到停車場，就是找不著鑰匙。」

「會不會是忘在診所？」

「咦？好像也有可能耶！」我想了想，「不過，我覺得有可能是我把髒面紙丟掉的時候，連著鑰匙一起丟掉了。」

「以妳的智商，很有可能。」

「李安曄！」我放下湯匙，生氣地瞪著他。

「哈哈。」安曄笑著，拿起湯匙舀了一匙豆漿，趕緊換話題。「吃了好幾年，還是覺得這間店好吃。」

「嗯啊，上次惠育不是跟我們來吃過一次嗎？」我也喝了一口熱熱的豆漿，「後來她一直不斷嚷嚷，說這家店很好吃、很好吃。」

「下次再帶她來？」

「好。」

安曄拿油條蘸了一下熱豆漿，然後咬了一口，「對了……」

「嗯？」

「今天的事情，有嚇到嗎？」

「今天的事情？」

「齊志吾幫妳的事。」隔著桌子，坐在我對面的安曄認真地看著我。

「你怎麼知道這件事的？」

「妳忘了齊志吾是眾多女同學心目中的萬人迷嗎？」

「可是……那時明明是午休時間，根本沒幾個人會注意到吧？」

「這種消息是傳得很快的。」

「是喔。」

「妳有嚇到嗎？」

看著安曄擔憂關切的表情，我苦笑了一下，「還是你了解我。那當下，說不怕是騙人的……」

「嗯。」

「還好齊志吾適時出現，不然可能連我也遭殃了。」

「妳怎麼做出這麼衝動的事情啊？」

「我想說那些人應該不會這麼囂張！再說，我也跟惠育說好，如果看我遭遇麻煩就趕快去叫老師來啊。」

「還是太冒險了。」安曄搖頭。

「我也不知道事情會變成這樣。對了，你不可以跟我爸媽提到這件事情喔！」我伸出食指，指著安曄威脅。

「除非妳答應我，別再做這種蠢事。」

看著安曄，我噗哧笑了出來，「李安曄。」

「幹麼？」

「你乾脆和齊志吾去結拜算了。」

他一臉困惑，「為什麼？」

「你們的反應簡直是一模一樣，不但都用這種認真的表情教訓我太衝動，就連要我答應以後別再做出這種事情的模樣和口氣，都有幾分神似。」

「所以那傢伙也叫妳答應他，要妳以後別這麼衝動嗎？」

「對啊！」笑了笑，我看著安曄，「我看，你們認識之後，搞不好會成為好朋友。」

「未來我不清楚，但是現在，我肯定我和他絕對不會是好朋友。」

「為什麼？」我瞪大了眼睛。

「因為……」他拖長尾音。

「什麼？」

「因為他現在是我的情敵。」

看著安曄的表情，我又噗哧笑了出來。「小聲一點好嗎？我可不想因為你的玩笑話惹來殺機！要是有人來找我算帳，我都搞不清楚是被你的親衛隊揍扁，還是被齊志吾的粉絲團踹飛呢！」

那件暴力事件後的好幾天，我和齊志吾並沒有什麼接觸，只有某次下課，要去辦公室繳交作業的時候，遇到正好上完體育課要走回教室的他，兩人打了個招呼而已。

但是很奇怪，儘管好幾天沒有跟他有什麼接觸，可是我和他之間的八卦，卻從暴力事件發生的午後開始，不斷被亂傳。雖然他的親衛隊並沒有對我造成什麼威脅，但是走在校園裡，難免會感覺到其他女同學飄過來的奇怪眼光。

「這些人還真討厭！」惠育和我上完廁所回到教室，表情不悅地說。

「算了啦，就是多看幾眼而已，也沒什麼。」我從抽屜裡拿出牙膏，將牙膏擠在牙刷上，「我去刷牙。」

「快去吧。」

「妳別氣了。」我笑著安慰她，帶著牙刷走到走廊上的洗手台。

沒想到，在我滿嘴牙膏泡沫的時候，洗手台邊上竟然站了一個男孩。他靠著洗手台觀賞我刷牙的樣子，害得我差點嗆到。

我瞪大眼睛看著他，滿嘴泡沫，含糊地問：「你……怎麼在這？」

「找妳。」齊志吾笑咪咪地看著我。

我納悶地看著他，忍不住皺眉，「找我幹麼？」

「小姐，先刷完牙再說話吧。」

「喔。」被他這麼一說，我突然有點難為情，這才想到在一個不太熟的人面前邊刷牙邊說話是一件多麼尷尬的事情，於是轉身背對著他，加快刷牙的速度，趕緊漱口。

「好了嗎？」他問我。

我點點頭。

「妳看妳，到底幾歲了？」他往前走了一步，輕輕擦掉我嘴邊的牙膏泡沫。

「還有嗎？」我尷尬地往後退了一步。先前安曄也做過類似的舉動，但當時的我並不覺得尷尬，但沒想對象換成了齊志吾，卻讓我有種難為情的感覺，為什麼會這樣呢？

「這裡、這裡……」他瞇起了眼，認真地指著我的左臉頰以及右臉頰，看我一副擔心、雙手亂擦的慌張模樣，哈哈大笑，「我騙妳的啦！」

「齊志吾！」我吼了他的名字，「你這恩將仇報的傢伙。」

「開玩笑的嘛，」他嘻嘻笑著，「別生氣，我只是覺得妳這麼緊張的樣子很可愛而已。」

可愛！可愛？

我瞪了他一眼，不想繼續討論什麼可愛不可愛的話題。「你怎麼會跑來我們這一棟啊？」

「剛剛說過了，找妳。」

對喔，真是笨呀我！

「找我幹麼？」

「如果我說我想見妳，妳會相信嗎？」他聳聳肩。

「不會。」

「果然。」他嘆了一口氣，「那妳還問？」

「我問你，你就應該認真回答呀。」覺得莫名其妙的我，瞪了他一眼，同時瞥見幾個站在走廊上聊天的隔壁班女同學們，正好奇地往我們這方向看過來。

「我很認真回答啊。」

「沒空和你打哈哈。快說，到底有什麼事？」

「放學陪我去換藥。」他露出無辜的表情，先是指著額頭，再指著手臂。

「為什麼不自己去？」

「我想要妳陪我去。」

「為什麼？」

「不為什麼。」他回答的簡短，有回答跟沒回答一樣。

我看著他臉上誇張的無辜表情，「莫非，你不敢自己去？」

他攤手，一副拿我沒轍的表情，「前幾天都是我自己去的，怎麼可能不敢去。」

「是嗎？」我懷疑地看著他，「是不是前幾次去換藥，醫生動作太粗魯，讓你覺得害怕，想找我壯膽？」

「想太多。」

「齊志吾，快說！」

「總之，放學陪我去醫院。」

我看著他，猶豫了幾秒，但想到他確實應該去醫院換藥，心就軟了，「好啦。」

「這才是好人做到底的表現。」

「我不需要這樣的虛名。」我瞪了他一眼，「不過，為什麼非要我陪你不可？」

「這個答案有這麼重要嗎？」

「不重要，但是我很好奇。」鐘聲正好響起，打斷了我們說到一半的對話。我指著對面棟的教室，「該午睡了，你快回去吧！」

「那下課後我來找妳。」

「喔。」看著他轉身離開的背影，手裡握著牙刷的我，還是帶著滿懷疑惑。但當我準備走進教室時，他又轉過頭來。

「林姿悅！」

「幹麼？」

「我不是不敢自己去。」

「所以？」

「純粹是想要妳陪我而已。」

純粹是想要妳陪我而已……

看著他往對面大樓走去的背影，我拿著牙刷，疑惑地思考他說的話。

「我餓了！」和我坐在一起，看著診燈號的齊志吾說。

「還好我中午把整個便當都吃完，所以現在只有一點點飢餓感。」

「沒想到只是換個藥，也要等這麼久。」

「護士剛剛不是說過，換藥前，醫生要先確認傷口的狀況，才能處理。」

「嗯。」他挪動了身子，沒有再說什麼。

看著診燈號連跳了好幾號，他又開口問：「妳餓嗎？」

「不是說還好了嗎？」

「我是想，如果妳也覺得餓的話，我們就先去吃，吃完再回來。」

「我真的還好，要是你餓的話，我先走去便利商店幫你買個麵包回來？」

「不用，我只是擔心妳餓。讓妳陪著我等這麼久，太抱歉了。」

「放心，剛剛不是說了？我中午可是把一整個便當給吃光光了。」

聽了我的話，他哈哈笑了，「雖然妳的說法確實讓我不那麼抱歉，但妳說話也稍微謹慎一點，『把一整個便當給吃光光』這樣的話，掛在嘴邊上說，好嗎？」

「有什麼不好？」我皺著眉問。

「妳想嚇跑想追妳的人嗎？」

「嚇跑？」我毫不掩飾地飆高音量。

「對啊！會嚇跑大部分的男生。」

「那你中午吃什麼？」

「便當。」

「一整個？」

「是。」

「你可以吃一整個，我為什麼不可以吃一整個？」

「我只是為妳好。」他聳聳肩，「怕妳嚇跑想追妳的男生而已。」

「哼。」我不客氣地冷哼，「要是想追我的男生會在意這一點的話，我倒寧願他嚇跑，免得成為我生命中的爛桃花。」

不知這句話哪裡有問題，他聽了以後，像被點了笑穴一樣哈哈笑個不停，好不容易停止大笑，想要說點什麼，但只看了我一眼，又忍不住哈哈大笑。

我狐疑地摸摸臉頰，確認自己臉上沒有再黏著飯粒還是牙膏還是什麼有的沒的東西後，才開口問：「你笑什麼？」

「笑妳的爽快，」他眼睛帶著笑意，「還有什麼爛桃花理論。」

「我說的不對嗎？一個會因為女生吃完便當而嚇跑的男生，基本上就不是適合我的對象。」

「說得好。」

原以為他的回答是隨意的敷衍，但看著他的眼睛與神情，我發現他是很認真在回應。「所以，你也像你剛剛說的『大部分的男生』一樣，在意這件事囉？」

「不會。」

我不相信，「騙人！」

「真的不會，」他一臉認真的表情，「因為我喜歡爽快不造作的女生。」

「是這樣嗎？」微微挪動身體，我瞇著眼看著他，懷疑地審視。

「是的。」

他沒有迴避我的眼神，一樣認真地看著我。只是迎上他認真而又深邃的目光，讓我突然有點不好意思，反射性想移開目光，最後趁著跳號的聲響往燈號方向轉移視線。「下個就換你了。」

「嗯。」才剛說完，燈號又跳了一號，「那我先進去了。」

「好。」我點點頭。

「對了，妳好好想一想，等等要吃什麼晚餐。」

走出診所後，我們在旁邊不遠的牛肉麵店吃了晚餐，接著折回學校的停車場。

「真是的，護士阿姨很故意耶！都說了好幾次你不是我男朋友，交代換藥須知的時候，她還東一句妳男朋友、西一句妳男朋友的說。」

「可能事情忙，根本沒在聽妳在說什麼吧。」

「大概是吧。」

我嘆了一口氣，雖然覺得不開心，但再想想，那些人不過是陌生人而已，別人怎樣「以為」有什麼關係，我確實沒有必要太在意。

我走進停車場，「你今天怎麼來學校的？」

「騎腳踏車，」他微揚著下巴，「妳旁邊那一輛腳踏車。」

「喔……」走到腳踏車前，原本打開書包想拿出我的鑰匙，但是才摸到書包的暗袋拉鍊，我就停下了動作。

「別告訴我，妳又忘記帶鑰匙了。」他笑笑說著，還誇張地挑了右眉。

「不是，你蹲下來一下，你額頭上的透氣膠帶好像沒有黏好。」

「沒黏好？」他伸手去摸，但反而把黏在上頭的紗布弄歪了。

「等一等，我幫你。」我踮起腳尖，小心翼翼地幫他把額頭上的透氣膠帶撕開，再將歪了的紗布重新纏起，用透氣膠帶小心黏上，「這樣應該可以了。」

「嗯，謝謝。」

抬著頭，近距離迎上他的眼神，就像剛剛在診所等候時迎上他的目光一樣尷尬，於是我刻意避開他的注視，低頭翻找自己的書包。

他很快從書包拿出他的鑰匙，順利開了鎖，然後站在一旁輕聲說：「不要緊張，妳慢慢找！」

「還是你先走，我再找一下。」我忍不住苦笑，有點尷尬。

「沒關係，要是我走了，而妳又找不到，那妳找誰幫忙？」

「不會的。我記得我把鑰匙放進書包裡了。」

「再找找看。」他露出讓人安心的微笑，貼心地走到我面前，捧著我的書包，方便我翻找。

愈找愈沮喪，我把書包裡任何可能的地方都摸索過了一次，最後嘆了一口氣，

「齊志吾……」

「嗯？」

「慘了，我好像又忘記帶鑰匙了。」

「那我載妳吧！」他臉上仍是那抹讓我安心的笑容，「還好今天我是騎腳踏車來的。」

「可是……」看著他，我非常猶豫。

該給他載嗎？還是搭公車回家就好？

「別可是了，走。」他不由分說的拉著我走到他的腳踏車旁，先跨上車，微微傾了車身，「上來吧！」

「嗯……」我上了後座，心跳得有點快，有點不自在。

「林姿悅！」

「嗯？」

「手。」

「什麼手？」

他往後牽住我的左手，接著又探出右手，把我的右手擺在他的腰上，「妳不知道，不這樣抓好，是一件很危險的事嗎？」

「可是……」我皺皺鼻子，不知道該怎樣將心裡的尷尬說出口。

「難道李安曄載妳的時候，妳也這樣彆扭嗎？」

「不，我有抓著他。」我想了想，才回答了他的問題。

「那就對了，還可是什麼？」

可是安曄是安曄，你是你。我心裡想著，只是沒有說出口。

是啊！安曄是安曄，他是他，兩人完全不一樣。

給安曄載的時候，我覺得輕鬆自然，但是此刻給齊志吾載，我的心卻跳得這麼快，覺得渾身不自在。

一定是因為一個是從小和我一起長大的安曄，一個是昨天晚上才認識的齊志吾，光是交情的深淺就完全不一樣，所以感覺不同，我才心跳加快吧！

可是，除了安曄之外，我也常跟不熟的男生相處，無論是班上的同學或是學校裡的學長學弟，我都滿能應付的，從來沒有像現在這樣窘迫的感覺……

林姿悅，妳究竟是哪根筋不對？

原本看著路上夜色的我，抬頭將目光移向齊志吾的背影。高高瘦瘦的他，原來也有著像安曄一樣寬大的肩膀。

「林姿悅……」

「啊？」可能是作賊心虛，被他突然叫住名字的我，趕緊把目光移向一旁，但隨即覺得這樣的行為有點可笑，因為在前座的他，又怎麼會知道我正盯著他的背影發愣？

他語帶笑意地問：「妳被我嚇到囉？」

「哪有。」

「那怎麼語氣好像一副被嚇到的樣子。」

「真的沒有。」我嘴硬地回答。

「我們去吃冰好不好？」

「冰？」

「對。」

「冰不是夏天吃的嗎？」

「當然不是啦，任何時候都可以吃，尤其是開心的時候。」

「所以你現在是……開心的時候？」

「心情不錯。」

我有點猶豫，「可是……」

「別可是了，走吧！」

我遲疑了一下，其實有點想拒絕，但又不忍破壞他的好興致，於是答應了對方。

「好是好，只是這種季節，又是這個時間，學校附近的冰店好像都關了，要去哪裡找冰店？」

「帶妳去一家私藏冰店。」他突然拍拍我放在他腰間的手，「保證有開。」

「嗯。」

「抓好，我要加快速度準備起飛了。」

「誇張！」我捶了他的背，「飛慢一點，我還沒繫好安全帶。」

聽到這句話，他大聲地笑了，而坐在後座的我也像是感染了他的開心，嘴角微微地往上揚起。

「果真有開。」

「當然，我就跟妳說一定有開。」齊志吾很貼心地將點菜單放在我眼前，「妳先點吧！」

「我看看……」我看著點菜單上大概十幾項左右的冰品名稱及照片，每一種都很吸引人。

也許是看我的食指在點菜單上游移著，一副猶豫不決的樣子，他指著點菜單說：「這個、這個，還有『招牌老闆冰品』都很好吃。」

「好！」我大致看了一下他推薦的冰品照片與介紹，每一種都很吸引人。「對了，這些冰的價格不會很貴吧？」

「很便宜，超乎妳想像的便宜，嗯，我的意思是說，一定比妳想的還便宜，除了『招牌老闆冰品』是七十元以外，其他種類的冰都是五十元。」

聽了他的話，我終於放心，注意力再次回到點菜單上，「那我吃……」

我正在選擇，他忽然想到什麼，指著其中一款冰說：「噢，看妳喜不喜歡這個？我、我的一個朋友很喜歡草莓。」

我看向他指著的品項，只見照片上的冰放滿了好多草莓，又淋上了大量煉乳，看起來很吸引人。「好，那我吃這個！」

見我答應得這麼爽快，他反而愣了一下，然後笑了，笑容有點古怪。「好，幫妳點草莓牛奶冰。」

「等等，你幹麼笑得這麼奇怪？」我皺著眉問他。

「我沒有笑得很奇怪。」話是這麼說，但他臉上依然帶著笑容。

「真的沒有？」

「沒有。」

「不准騙我喔！」

「不騙妳。妳放心吧，草莓牛奶冰真的很好吃。」他只差沒有拍胸脯掛保證。

看著他去櫃檯點餐的背影，再看了看店內的擺設，這不是一間裝潢新穎的店面，但牆角的書架和幾樣特別的裝飾，都看得出經營者的巧思，增添幾分文青及懷舊的感覺。

將視線拉回櫃檯，我看見齊志吾站在那兒，正和打工的女生聊天。雖然不知道他的表情如何，但是從那個女孩子開心的笑臉看來，我猜齊志吾應該也聊得很高興。

看著這一幕，一股莫名感悄悄冒了出來，一來覺得奇怪，怎麼我會和他一起吃冰，二來看著女同學開心的表情，不知道他們聊了些什麼？他們是本來就認識？還是……

正想著，那個女孩的視線正巧看了過來，和我的目光交會，在我覺得尷尬，想不著痕跡移開視線的同時，齊志吾也轉過頭望了我一眼，不知為什麼，還對我眨了眨右眼，最後他點好了冰，走回座位區，在我的面前坐下。

「幹麼偷看我聊天？」他眉毛揚得高高的，一副「被我抓到了吧」的樣子。

「誰偷看你聊天啊？」我白了他一眼，也將下巴揚得高高的。

「妳該不是在意我跟別的女孩子聊天，還聊得這麼開心吧？」

「齊志吾，你真的很有事，而且還很欠揍。」我重重地哼了聲，「我只是看你怎麼點個冰點了幾世紀之久。」

「所以妳對我跟女孩子聊天的事，一點都不關心？」

「沒錯。」我白了他一眼。

「那麼，」齊志吾聳聳肩，「就算她問『志吾學長，她是你女朋友嗎』，妳也不在意囉？」

志吾學長，她是你女朋友嗎？什麼跟什麼嘛！

「她真的這麼問？」

「嗯啊，還問了兩次。」他想了想，「第一次問的時候，我繞開話題，結果她又問了第二次。」

「果然跟你們這種人行動，很容易遇到這種事。」我嘆了一口氣。

「什麼叫做『我們這種人』？」

「引人注目、有幾分姿色、很吸引女同學注意的『這種人』。」我想了想，作出簡單的定義，講到幾個重點字時，還假裝加重了語氣。

他笑了，眼睛因為笑容而微微瞇起，「被妳這麼說，我不知道該開心還是不開心。」

「當然應該要開心，因為這是一種稱讚。」

「可是這種稱讚，卻讓我感覺到妳不喜歡跟我們『這種人』一起行動。」

「哈，被你發現了！不過，也無妨啦！」

「怎麼說？」

「反正我應該不會有什麼機會跟你一起行動。」

「妳怎麼確定以後不會有機會？」

「因為我下次，一定要把鑰匙打好幾副備份，至少放個兩把在書包裡。」

他耐心地說：「我不是這個意思。我是想，說不定未來我們可能會有機會一起出門，或是我跟妳一起去逛街什麼的。」

「出門？逛街？」我驚訝地提高音調，但很快引來隔壁桌好奇的目光，又趕緊壓低下來。「你是說約會嗎？」

「嗯啊。」

「跟你約會？哼，我看你是想害我吧？」

「怎麼說？」

「我可不想成為全民公敵。」

「什麼意思？」他一臉不解。

「光是上次你幫我擋掉麻煩那件事情，就讓我感受到威脅了，走在學校裡，總有人對我指指點點的。」我故意嘆了一口氣，「所以，如果你要約會的話請找別人，無聊想逛街也找別人，就是別害我。」

「說得這麼絕對？」

「光是安曄一個就夠我麻煩的了，況且你的親衛隊比安曄多上好多。」

「嗯……」他想了想，原本想說什麼，但因為打工的女孩將冰品送上桌，打斷了我和他之間的對話，「謝謝！」

「志吾學長，這給你。」送上冰品後，女孩害羞地將一張折得很小的便條紙放在桌上。

「喔。」齊志吾倒是沒說什麼，只是應了聲，保持禮貌的微笑，連紙條都沒碰，直接拿起湯匙準備享用他的冰。

坐在他對面的我，看著那張粉紅色的便條紙，可想而知，紙條裡頭大概是寫了電話或是表白喜歡他的心情，粉紅色似乎正象徵了對方的羞澀吧。

我拿起湯匙，舀起甜甜濃濃的冰吃了一口，一邊偷看紙條，一邊好奇地想著不知道裡面到底寫了些什麼，一邊又偷瞄了齊志吾一眼。

他看起來很自然，靜靜吃冰，像什麼事也沒發生過一樣。

這種事情對他而言，應該很稀鬆平常吧？也許就像我們每天喝白開水一樣，根本不值一提。

又舀了一匙冰，我邊吃邊注意他的反應，而那張粉紅色便條紙自始至終默默地躺在水杯旁。

「好吃嗎？」

「嗯。」沒想到他先打破了沉默，我點點頭，給了他一個微笑。

他得意地問：「是不是便宜又好吃的私房冰品？」

「是啊，這麼便宜的價格真是嚇到我了。」我又吃了一口，看著眼前堆得高高的像一座迷你小山的草莓牛奶冰，上面還點綴了幾顆巧克力豆，顏色很漂亮，又很美味。

「妳要不要吃吃看我點的？這也是招牌喔！」他笑得很好看，指著自己的冰。

我看著他的冰，很想吃吃看，但又覺得有點不好意思，「你不介意吧？」

他搖搖頭，「介意就不會問妳要不要吃了。」

「那我就不客氣囉！」我揚起眉，不客氣地從他的碗裡舀了一口塞進嘴裡，「喔，好吃！」

「不錯吧？下次妳也可以點我這款試試看。」

「嗯，那你要吃我的草莓牛奶冰嗎？」我把自己的碗向前推了一些，但因為太用力的關係，和他的碗撞擊了一下，發出清脆的聲音。

「不用，我以前常吃。」他臉上露出苦笑，目光中閃過一絲令人不解的情緒，把我的碗輕輕推了回來，「我今天不想吃這個味道。」

看他的表情變化，彷彿有什麼不好言說的憂鬱，我心裡有點納悶，快速回溯了一下自己剛剛是不是說了什麼不適當的話？但是想了半天，想不出所以然來。

「齊志吾，」我疑惑地看著他，「我剛剛是不是說了什麼，讓你不開心？」

「唔？」

「我覺得你好像突然變得有點怪怪的。」

他又笑了，往前湊近了些。雖然隔著一張桌子，但他和我的臉距離很近，他小聲地說：「妳沒說什麼不好的話，是我想起了過去的事。妳知道為什麼我會說之前常吃草莓牛奶冰嗎？」

「因為你愛吃草莓，所以常點？」

他搖搖頭。

「那是因為優惠方案，買一送一，所以常吃？」

他又搖了搖頭。

「難道是因為打工的女孩喜歡你，所以送你吃？」想不出來，我亂猜。

「都不是。因為草莓牛奶冰是我初戀女朋友最喜歡的味道。」

「難怪啊。」我皺皺鼻子，看著表情很認真的他，在心裡暗自恥笑自己的每個答案都很愚蠢。

「妳看，」他苦澀地笑了笑，指著旁邊牆上那些密密麻麻、各種顏色的塗鴉，「這裡還有我和她的名字呢。」

我湊近看，看見牆上有兩個用鉛筆寫上的名字，一個寫著「齊志吾」，另一個寫著「林雨莉」，而在這兩個名字中間，當然有個動詞。

那個動詞就是「喜歡」。

我看著牆上屬於他和他前女友的「印記」，彷彿目睹當時坐在這兒的兩個人，開心又甜蜜地寫上自己名字的情景。

「你們後來為什麼會分手？」我用手指摸了摸牆上的鉛筆筆跡。

「她說和我在一起很累，說我們的個性其實不適合。後來我說，如果真的這麼累，那就分手吧。」

我看著他，發現他的情緒很低落。「聽起來，並不是鬧翻而分手的。」

「嗯，我知道她累了，再加上她和我在一起之後，成績一落千丈，所以才決定分開。」

「國中就交往的？」

「對，不過分手是高一上學期開學後沒多久的事。」

「那你現在……還喜歡她嗎？」我收回原本貼在牆上的手，看他沉默了一下，又開口說：「如果喜歡的話，就再追回來啊！也許她對你還是一樣的喜歡……」

「感情變了，就回不去了。」他搖了搖頭。

「那可說不一定，說不定有可能……」我想了想，最後找想到了四個字，「有可能破鏡重圓。」

「不可能，鏡子破了，怎樣都會有裂痕吧？」

我點點頭，其實很認同他的說法，然而看著他這麼低落的樣子，讓我覺得自己應該說點輕鬆的話題，於是指著眼前的冰，「這家的冰真的很好吃，只是份量太多了，你幫忙吃一點吧。」

「妳是想讓我懷念初戀的滋味嗎？」他苦笑。

「是啊！」我眨了眨右眼，賴皮地說：「總之，既然是你帶我來，又是你自己主動提過去的事，你就得要幫忙吃一半。」

「妳先吃吧。」

「不然，」我舀了幾顆草莓放在他的冰上，「你幫忙吃草莓？」

「謝謝。」

「不客氣。」我邊說邊吃了一顆巧克力豆，「其實，我覺得我表姊說的很有道理。」

「她說了什麼？」

「我表姊常說，初戀一定不會長久，而且學生時代的戀愛通常不會有結果，我覺得她說的一點也沒錯。」

「她說的也許正確，但並不是絕對。」

「怎麼會呢！拿你來說，你的初戀不長久也沒有結果，你還覺得這話並不是絕對？」

「當然。」他笑了，臉上已經沒有幾分鐘前回憶初戀時的苦澀。「就算是初戀，就算是學生時代的愛情，只要兩個人能一起勇敢，就不會輕易結束。」

看著他臉上又恢復了平常好看的笑容，我忍不住思考著他所說的一字一句：只要兩個人能一起勇敢……

「怎麼了？」

「喔，沒什麼。」我回過神來，「冰要融了，快吃！」

「也太飽了吧！」我打了一個嗝。

牽著腳踏車，齊志吾和我並肩走在路旁，看著我微笑，「下次再來試試別的口味吧。」

「好啊。」

「林姿悅……」他喊我。

「幹麼？」我將視線從地上被路燈拉得好長的影子上，移轉到他好看的側臉。

「我原本以為，李安曄是妳的男朋友。」

我哈哈大笑，「這種『以為』，我司空見慣了。以前剛上高一的時候，大家都這麼以為，連我現在最要好的同學兼朋友兼好姊妹也曾誤會過。」

他點點頭。

「一直到最近，我還飽受這種困擾。聽說有幾個對安曄有意思的學妹，到處探聽安曄是不是正在跟我交往。」我嘆了一口氣，「延續剛剛吃冰時候的話題，你說說看，和你們這種人交朋友，是不是真的很容易被誤會那些有的沒有的？」

他看了我一眼，沒有直接回答，目光又看向前方，「那妳喜歡李安曄嗎？」

「當然，我喜歡安曄啊！」我注視著他的側臉，但看不出他的臉上是什麼樣的表情。他只是默默望著前方，沒有說話，於是我繼續說下去，「但是那種喜歡是很單純的喜歡，夾雜著很多的依賴、很多的默契、很多的……難以形容的感情。雖然難以形容，但是我很清楚，這樣的喜歡很簡單、很清澈，不是男女朋友的喜歡。」

「喔。」他瞥了我一眼，又將視線拉向前方。

「問這幹麼？」

他走了幾步路，最後終於把臉轉了過來，認真看著我，笑著說：「知己知彼，百戰百勝。」

「什麼跟什麼嘛！」我哼了一聲。

「要追妳之前，總要探聽一下對手有多強。」他笑了，原本就好看的笑容，在昏黃的路燈照耀下，好像變得更輪廓分明、更吸引人了。

「齊志吾！」

「嗯？」他停下腳步看著我，臉上笑嘻嘻的。

我也嘻嘻哈哈假笑了兩聲，接著握緊拳頭在他眼前揮舞了兩下，突然臉色一板，「不好笑！」

「妳又知道我在講笑話了？」

「我不知道你是不是在講笑話，但我很確定你是在講鬼話。」我繼續往前走。

他追了上來，一樣帶著笑容走在我身旁，但是因為他提出的問題，又讓我回想起先前惠育說起，有學妹在校車上討論我和安曄是不是在交往的事情。

客觀地想一想，如果我不是林姿悅，當我看見林姿悅和李安曄相處的模式以及相處的情景時，是不是也會認為，他們是一對情侶呢？

也許，如果我是旁人，真的會這麼以為吧。

「生氣啦？」

我搖搖頭，「沒有。」

「不然怎麼不說話？」

「沒什麼，我只是在想，如果我是旁人，也許也會以為林姿悅和李安曄正在交往吧。」

齊志吾哈哈笑了兩聲。「原來妳在想這個。」

「你說，我和安曄真的很像是在交往嗎？」

「滿像的。」他不以為意地反問：「妳很在意被人誤會嗎？」

他的問題讓我思考片刻，「雖然覺得煩，但是真要說是不是會在意，或是因此不高興……倒也不會。」

「那就好。」

「好什麼？」因為路上一輛拔了消音管的機車呼嘯而過，我沒有聽清楚齊志吾的回答，又問一次，「好什麼呀？」

「我說，那就好，別因為別人怎麼看、怎麼認為，就改變了自己。」他重複一遍，邊說瞄眼看我，「自己開心，自己覺得對就夠了。」

「咦！」我故意將音調揚得高高地，「沒想到像你這樣愛打架的傢伙，想法居然很成熟。」

「我說過了，我不是愛打架的傢伙。」他壓低了音量，語氣無奈。

我戲謔地說：「還是應該說是『愛打架，但卻只有挨打的份的傢伙』？」

「林姿悅，妳真的對我誤解很深。」

「我倒覺得是你對自己了解不夠。」我反將他一軍。

「跟妳說過，這些傷不是我主動和人打架造成的……」他一臉無奈，但是臉上的笑容沒有因為我的消遣而收回，「而且偷偷告訴妳，真要比打架的話，我不一定會輸。」

「乖戾的暴力狂！」我嘲弄他。忽然想起那天下午他突然出現在我身旁，為我擋掉麻煩時的嚴肅表情。

「還乖戾咧！」他敲了敲我的額頭。

「喂。」

「怎麼了？」

「我腿痠了。」

「喔，我懂了！」他哈哈大笑，停下腳步，跨坐上腳踏車上，貼心地微傾腳踏車，「上車吧！」

「你倒是挺識相的。」我拍拍他的肩，坐上了後座，「謝謝你！」

「別客氣，為了報答那天妳在停車場搭救我的救命之情，我願意出賣勞力。」他踩了腳踏板，車子慢慢往前騎。

「知道就好。救命之恩是多麼重大，你可要好好的放在心上。」我很故意，還往他寬寬大大的背上輕捶了一下。

「不敢忘、不敢忘，以後有什麼事，儘管吩咐小的去做。」

「那還差不多。」

我們兩人鬧了一會兒，他忽然停頓一下，然後再次開口，「林姿悅，有個問題想問妳！」

「唔？」

「妳是不是真的很不喜歡人家打架？」

「世界上有哪個女孩子喜歡人家打架動粗的？」我反問。

「所以，意思是妳討厭囉？」

「沒錯。」我想了想，「也許應該說，我比其他人更討厭打架這件事，真的、真的、真的，非常厭惡。」

「為什麼？」

「因為小時候發生過一件不好的事。」

「什麼事？」

「講起來有點複雜，不過大概就是有個喜歡安曄的女同學，在我回家的路上，找了幾個國中生來找我麻煩就是了。」我嘆了一口氣，回想當時被一群人圍堵在小巷子裡的情景。

「放學沒跟李安曄一起嗎？」

「他那天因為感冒發燒請假。」

「然後呢？」齊志吾追問。

「我在小巷子裡被一群人包圍，他們很幼稚的要逼著我說什麼絕對不會喜歡安曄、不會跟安曄走太近之類的話……」

「那妳說了嗎？」

「你猜！」我看著路旁幾個他校高中生在公車站牌前打鬧著。

他篤定地說：「沒有。」

「答對。」我點點頭，公布答案，但其實有點兒驚訝，還以為他會猜錯，「不過我因此挨了一記耳光。」

「然後呢？」

「然後安曄突然出現，和他們打起架來，不僅臉上掛彩，手還因此骨折，看了好一陣子的醫生。」

「原來如此。」

「我還記得，當時我明明很害怕，但是一個人面對他們的時候，我拚命忍住眼淚，告訴自己不可以在那些人面前哭，直到安曄打跑了他們，剩下我和受傷的安曄時，我才嘩啦嘩啦掉下眼淚。」

坐在後座的我，想起小時候的往事，也想起當時的恐懼。其實事後回憶起來，心裡還是覺得有點可怕，常常會想，如果當時安曄沒有出現，或者沒有其他路人幫忙，那被幾個凶神惡煞圍住的我，在堅持不妥協的情況下，事情究竟會演變成怎樣？那群人的長相，我早已忘記，但是很奇怪，他們說話的語氣和動手動腳的姿態，卻始終留存在我的記憶中。也許因為這件事情成為了我揮之不去的陰影，所以連帶著，我非常厭惡打架動武的暴力事件。

「李安曄真的對妳很好。」

「當然，安曄的媽媽是我小時候的保姆，她對我很好，也常常告訴安曄一定要好好保護我，別讓我被別人欺負。」我笑了笑，「安曄的家，簡直就是我的第二個家。」

齊志吾遲疑一下，又問：「後來那些找妳麻煩的國中生，還有再來找妳嗎？」

「幸好沒有。在那之後，我幾乎都跟安曄一起回家，所以他們不敢來了吧！」我笑著回答。

「在那之後，妳就很依賴安曄了，對吧？」

「你怎麼知道我很依賴安曄？」我拍拍他的肩，覺得很驚訝。

「感覺得出來，妳開口閉口講他，又是這種從小一起長大的情誼，關係當然特別深厚。」

「嗯，我確實很依賴安曄，但是那種依賴並不是因為這件事建立起來的，而是不知不覺之中慢慢累積。跟你說喔！國小的時候，我們根本是難兄難弟健忘二人組……」我把當時安曄加入我的健忘組，成為教室門口罰站常客的事情，大概說了一遍。

「妳是說，李安曄原本是個記性很好的人，但那一陣子突然常常忘記帶東西？」

「對啊，很誇張吧。大概是近墨者黑吧！」我忍不住笑起來，「我就是那個影響他的壞朋友，好險安曄的媽媽沒有叫他不要跟我來往了。」

「妳有沒有想過，」齊志吾停頓了一下，「李安曄有可能是因為想陪妳，所以才故意沒帶東西的？」

「故意？」

「或許他是想陪妳，才這麼做。」

「那怎麼可能！」我不相信。「不過，我們今天早上正好說到這件事情，他確實也這麼說。」

「妳看，我沒說錯吧？」

「不，我覺得啊，安曄只是開玩笑的，他就愛這樣說些有的沒有的玩笑話。」

「是這樣嗎？」齊志吾在紅燈前停了下來，抬頭看著紅燈旁的讀秒，當讀秒數倒數到三、二、一的時候，再度踩動腳踏板，一邊前進一邊說：「其實……」

看他一副欲言又止的樣子，我疑惑地問：「其實什麼？」

「如果對象是妳的話，不管妳遇到什麼樣的麻煩，我也一定會奮不顧身去救妳。」

「英雄救美嗎？」我想了想，「不對！你可能是英雄，但我不是什麼美女。」

「怎麼這麼沒自信？」

「這是有自知之明。」

「林姿悅，我剛剛說的不是玩笑話喔。」

「哦？」

「關於奮不顧身那句話，我是說真的。」

「真的嗎？那算你有良心，懂得知恩圖報的道理，不枉費我這個恩人救你一命。」

他頭也不回的笑著說：「妳該感謝老天爺讓妳救到的人，是個知恩圖報的好人，在妳因為衝動遇到麻煩時，那個知恩圖報的好人還不顧一切的跑去救妳。」

「好好好，我知道，你是個知恩圖報又愛打架的傢伙！」

齊志吾拿我沒轍，只能哈哈一笑。

「總之，」他咳了咳，「這種話我不會隨便說，但是一旦說出口就是認真的。以後不管妳遇到什麼討厭的、不開心的事，記得要告訴我，無論如何，我都不會讓妳一個人面對。」

後來的路上，我們沒有再說什麼，但是聽了他所說的話，我的心裡竟然湧起一股暖暖的感覺，儘管我無法看到他臉上的表情，但是他的口氣聽起來很認真、很誠懇，我因為他的關切，而感受到一絲絲的溫暖。

抬頭看著他寬闊的肩膀，我覺得自己也太容易感動，竟然因為他隨口說的幾句話，差點就被打動。

當然，有可能齊志吾只是隨口說說，即使他剛才是說認真的，但他真的能像自己說的那樣「奮不顧身」？會像安曄一樣，不管三七二十一地來救我嗎？

安曄和我是因為從小青梅竹馬一起長大，感情有如家人一樣堅定，所以他冒險救我也是可以理解的，但齊志吾和我之間又是基於怎麼樣的情感呢？

是不是因為我曾經幫過他，所以，基於知恩圖報和義氣，他才會說出這樣的話，還是有其他原因……

「謝謝你。」在走進家門前，我向送我回來的齊志吾道謝。

「不客氣，應該是我要謝謝妳才對，」他笑著指了指額頭及手上的繃帶，「謝謝妳陪我去換藥。」

「等下回去的第一件事，就是要把腳踏車的鑰匙放進書包裡。」我覺得很不好意思。

「知道就好，」他輕聲地說，露出好看的笑臉，「不過再忘一次也無妨，因為我還是可以載妳回來，反正順路。」

「哈，真謝謝你喔！老師說顏淵不貳過，雖然我不是顏淵，但是這種小錯誤一犯再犯就太誇張了。」

「我反而覺得這樣很好，如果妳再忘記，我們就可以像今天這樣一起回來、一起吃牛肉麵、一起吃冰，不覺得這麼安排也滿棒的嗎？」

「一點也不棒。搞不好明天又會聽到什麼詭異的風聲，什麼『林姿悅是不是和齊志吾在一起』、『林姿悅是不是喜歡齊志吾』之類的話……」我故意反駁，但其實對外人的流言並不在意，只是隨便說說而已。

其實和他一起回家感覺並沒有不好，相反的，我們一路上聊得挺開心，雖然偶爾會有一些小小的尷尬，但後來總能化解沖淡，而且他這個人性格開朗，與他說話挺有趣的。

「妳真的有被害妄想症。」他故意嘆了一口氣，搖搖頭。

「你不懂啦，這是我的經驗談。對了，那天要還給你的計程車費一直沒拿給你，加上今天的晚餐錢還有吃冰的錢……總共是，」我從書包裡拿出可愛的淡黃色小錢包，心算總金額後，取出錢來，「正好有零錢。來，還給你，謝謝！」

「我可以不收嗎？」

「當然不可以。」

他哈哈笑了，也不再推辭，把錢收下，「我就知道。」

「那我先進去了，拜拜！」我揮手轉身的同時，突然想到一件重要的事，「啊，對了，等等！」

齊志吾故作期待，「忘記吻別嗎？」

我瞪了他一眼，沒好氣地說：「你別不正經好嗎？」

「不然呢？」

我從口袋裡取出一張粉紅色紙條，「這個……」

「唔，」齊志吾原本一臉疑惑，但看見我放在手掌心的粉紅色紙條後，露出恍然大悟的神情，「妳拿了？」

我笑嘻嘻地點點頭，「是啊！我還在想，沒想到你跟我一樣健忘，把東西忘在桌上沒帶走，所以就幫你拿了。喂，你還不快謝謝我拯救了你的好姻緣！」

相較於我笑嘻嘻的表情，齊志吾的臉上反而沒有我預期的驚喜或喜悅之情，面色顯得很嚴肅。

他怎麼了？

是傷口突然痛了嗎？還是我說錯了什麼？

「怎麼回事，為什麼不說話？」我不解地問。

「這不是忘了拿，是我根本不打算拿。」

「為什麼？」我納悶地看著他，他臉上依舊是凝重的神色。

「因為她不是我會喜歡的對象。」

「可是，人家特地將紙條遞給你示愛，你知道這需要多大的勇氣嗎？」

「我不管她是不是要鼓起很大的勇氣，但是我不喜歡她。」

我不高興了。「齊志吾，你怎麼這麼冷血？」

「我不是冷血，只是覺得與其拿了她寫的紙條，給她希望，倒不如一開始就別碰，這樣她不會有過度的期待，反而是件好事。」

「但我覺得你漠視她的心意，反而踐踏了她喜歡你的心情。」因為情緒激動，我的音量不由自主變大了，「你拿了，會比較……」

他打斷我的話，「林姿悅，感情這種事情不可以勉強。」

我看著他嚴肅的面孔，心裡原有的想法以及想說服他的理由通通消失，居然詞窮了起來。

「如果一開始就不喜歡，為什麼我非得要拿這張紙條？拿了，我又要怎麼負責？」

我瞪著他，無法反駁，最後抓起他的手，將紙條塞在他的掌心中，「那你就丟了吧！算我多事。」

「林姿悅！」他顯得很無奈。

「我之所以會把紙條帶走，是因為我以為你是忘了。」我轉身走了兩步，背對著他再次開口，「而且我覺得，不管怎樣，無論是不是你喜歡的對象，一個女生喜歡一個人的心情，都應該被珍惜與重視，而不是這樣被冷落的。」

「林姿悅，」齊志吾抓住我的手臂，試圖解釋，「我沒有踐踏她心情的意思。」

「算了，我怎麼想不重要，就算我多事吧。」我揮開他的手，用磁卡感應了大門門鎖，走了進去。

因為爸爸媽媽去別人家作客，還沒有回家，我洗了澡之後，便躲進房間，沒有下樓。

在書桌前，我將今天的作業從書包裡拿出來，放在書桌上。只是才剛打開作業本，寫不到半題數學，就發現心情煩悶，根本無法專注思考，不是題目看錯，就是連最簡單的加減乘除計算都會出錯。於是我放下筆，趴在桌上想著剛剛的一切。

對於我多事的行為，齊志吾應該很生氣吧？

只是，就算他的做法與說法再怎麼有道理，我還是覺得應該要把那張紙條收起來，才不會傷了那個女孩的心。

不管他或者是我的想法，或許都沒有錯，但是、但是……我就是耿耿於懷。

唉！

這樣想著，齊志吾那張嚴肅的面孔彷彿又浮現在我的眼前。在談到紙條的事情之前，我們都相處得很開心，但因為兩人各執己見，最後卻變得針鋒相對……

想起剛剛的不開心，我又嘆了一口氣，此刻的情緒真是糟到了極點。

我的大腦裡彷彿跳出了一個小的林姿悅，戳著我的鼻子，大聲指責我！

林姿悅，妳這多事的傢伙！妳還以為幫了齊志吾一把，在他面前笑嘻嘻地把紙條拿給他，自認幫他挽救了差點錯過的真愛。妳有意識到，自己當時的笑臉在他看來，是多麼的蠢嗎？妳這個笨蛋！

我被自己的思緒弄得很浮躁，走到床邊，想說反正也沒心情好好寫功課，倒不如先睡個半小時，正巧這時候手機鈴聲響了起來。

「喂？」

「妳在幹麼？」安曄的聲音從手機裡傳了出來。

「本來想寫功課的，但改變主意想先睡一下。」

「我可以過去打擾妳嗎？」

「可以啊！怎麼了？」

「今天的地理課，有些筆記沒有抄到。我想我們兩班是同一個老師，進度也差不多，乾脆來跟妳借。」

「喔，」我趕緊翻了一下地理筆記的進度，確認之後說：「沒問題，你過來吧！」

「我已經在門口了，幫我開門。」

「等我一分鐘。」掛了手機，我將地理課本和筆記本、剛剛寫了半題的數學講義一併帶下樓。

打開大門，立刻看見安曄的招牌笑容。

我問：「你要在這寫完，還是帶回去抄？」

「只有一點點沒寫到，在這裡寫一下就好。」

「嗯，進來吧。」

安曄注意到家裡的冷清，「叔叔、阿姨不在家？」

我點點頭，坐在沙發上，「我爸我媽去別人家作客，晚點才回來。」

「原來如此。」安曄一屁股坐在茶几前，就像小時候和我一起寫功課一樣，翻開課本和筆記本抄起來。

看他抄寫的背影，我也打開數學講義，一面寫，一面問：「你打瞌睡喔？不然怎麼沒抄到後面的筆記？」

「上到一半睡著了，」他笑了笑，「怕明天地理老師臨時抽查課本筆記，要抽到我就完蛋了。」

「你應該慶幸我們的地理老師是同一個人，不然三更半夜的，看你去找誰幫忙。」我白了他一眼。

「拜託，大小姐，現在才九點半不到十點，算什麼三更半夜啊？」

我忽然想起，「不對啊，你今天不是跟綺綺一起補習嗎？怎麼不跟她借來抄一抄？」

「下課後才想起這件事。」

我點點頭，將視線拉回我寫到一半的數學應用題上。

「小悅，妳心情不好喔？」

「啊？」

「是不是心情不好？」他轉過頭，認真地問我。「總覺得妳哪裡怪怪的。」

在安曄面前，我根本無所遁形，只能含糊地說：「沒什麼啦。」

「如果是因為叔叔阿姨不在，妳一個人在家會無聊或是害怕，可以打電話給我啊！」

我搖頭否認，但因為安曄的關切，心裡有種暖暖的感覺。

其實這些話安曄從以前說到現在，講了不下百次。上國中之後，有時爸爸媽媽難免還是會因為推不掉的應酬或是交際活動而晚歸，晚上如果我自己一個人在家，覺得無聊或是害怕，安曄不是貼心地到家裡來陪我，就是說李媽媽要他放學後帶我回家去吃飯，一起寫功課、看電視，排解無聊。

「不是這樣啦。」

「不然呢？」

「剛剛發生了一件不太開心的事情。」

「說說看。」

我把剛剛在門口和齊志吾的對話內容告訴安曄之後，嘆了一口氣，「我以為他是忘了拿那張紙條，所以才……哎喲，你說我是不是太多事了？」

「是。」

「李安曄，居然連你也這麼說！」我放下筆，皺著眉頭看他。

「他拿不拿紙條，關妳什麼事？」

「我覺得他是忘記拿。更何況，那個女孩子一臉認真又難為情的表情將紙條遞給他，我一想到她的神情，就覺得不管結果怎麼樣，那張紙條應該被好好地收起來。」

安曄若有所思，「嗯……」

「你想，喜歡人的心情是多麼的可貴，怎麼說都應該要被好好重視，」我認真地看著安曄，「女生的心可是很脆弱的。」

「在愛情的世界裡，脆弱的不一定是女生的心，有時候，男生也是很脆弱的。」安曄思索了幾秒，鄭重地說：「小悅，其實這件事情沒有誰對誰錯，只是你們想法不太一樣而已。」

「我知道，但是我覺得、覺得、覺得……我就是覺得我沒做錯。」我抓抓頭，陷入有點不甘心，但又懊惱自責的情緒中，「唉，也許我真的太多事了。」

「妳講的當然沒錯，但是我個人的話，還滿能了解也認同齊志吾的想法跟做法。」

「怎麼連你也這麼說！」我嘟起了嘴，皺著眉。

「我說了，這只是每個人想法不同而已。」

「那換成是你，你會怎麼做？」

安曄放下筆，「坦白說，我會跟他一樣，不會把紙條帶走。」

「李安曄！」

安曄一反常態的鄭重，「這麼說好了，如果當時和妳一起吃冰、遇到這種情況的人是我，我也許會直接把紙條還給對方，完全不會讓紙條有留在桌上的機會。」

「這麼狠？」我嚇了一跳。

「當然，」他點點頭，又換上以往開朗的笑容，「妳知道為什麼嗎？」

「為什麼？」

他笑著說：「因為啊，在我未來的新娘面前拿情書告白，這不被我未來的新娘打死才怪。」

「李安曄！」我不客氣地往他肩上捶了過去，「你真的很欠打耶！」

「我不這樣，妳的心情會好起來嗎？」

「哼，不想理你了。」我拿起茶几上的筆，繼續寫數學講義。

「好啦，」安曄搶過我的筆，「不開玩笑了，其實我覺得……」

我一臉困惑，「覺得怎樣？」

「雖然我不想認同齊志吾那傢伙，但我覺得，我能夠認同他的做法，」安曄用他修長的手指轉著我的筆，筆桿在他的手指間快速旋動，「一開始就不給對方期待，仔細想想，也是一種保護與尊重對方心意的方式。」

思。

「一開始就不給對方期待……」重複著安曄的話，我細細咀嚼著他言語裡的意思。

雖然我依然堅持自己的想法並沒有錯，如果換我是齊志吾，應該會收起紙條，好好收存。但是此刻聽了安曄的分析，我發現自己好像更了解男生的心態，也比較能認同他們的想法。

是呀！如果齊志吾沒有帶走紙條，把東西放在桌上，對方看到了，就會明白他拒絕的意思。那個女生當下一定會難過，也會尷尬，但反而不會繼續抱著不切實際的希望，或是期待未來有什麼發展的可能。這樣做，雖然殘酷一些，但反而比較容易畫上句點。

「唉！」安曄的嘆氣聲，將我從思緒中拉回現實。

「你為什麼嘆氣呀？」

「我覺得我真是全天下最蠢的人了！」

我不惑不解地望著他，「為什麼這麼說？」

「我怎麼會蠢到幫情敵說話呀！」安曄誇張地又嘆了一口氣。

「李安曄，說清楚，什麼情敵啦？」

「齊志吾啊！他就是我的情敵。妳想，幫他說話，好讓妳原諒他，這不是蠢事一件是什麼？」

「李安曄，你說這些真的很不好笑。」我又捶了他一拳。

「哈哈！」安曄停下手上轉著的筆，將筆放在我的數學講義上，「我看，妳還是快點寫數學吧，妳這一題已經寫很久了。」

我瞪了他一眼，把注意力集中在題目上，「這題有點難，覺得算法哪裡怪怪的。」

他湊了過來，快速瀏覽題目，用手指點呀點，「這個，還有這個，數字抄錯了！還有這裡，妳應該先除了之後再去乘……」

我看著安曄的手指來指去，挑出好多錯誤，於是重新把題目讀了一遍，這才發現，原來自己的算式竟然寫得這麼離譜誇張，忍不住喊，「天呀，我竟然犯這麼詭異的錯誤！」

「現在才知道喔？」他沒好氣地說：「看來，妳很在意齊志吾那傢伙，才會分心成這樣。」

「誰在意他啊！」我立刻辯解，「我只是對於剛剛的小爭執有些不開心而已。」

「那現在呢？」

「現在好多了，」我呼了一大口氣，「不過冷靜下來想想，剛剛之所以有點不開心，也許是因為我自以為是拿了紙條，結果要交給他的時候，卻發現他根本就不打算拿，覺得自己很傻，太多管閒事了。再加上我們討論到對這件事情的看法時，我不認同他……所以才會過度反應吧。」

安曄點點頭，「反正，這件事情真的沒有誰對誰錯。」

「你說的沒錯，只是想法不一樣而已。」

「把心結講出來，心情好多了對吧？」

「謝謝你。」我笑了。

「不客氣，」他拍拍我的肩膀，「這樣開朗笑著的，才是我認識的林姿悅。」

安曄真的很夠義氣，回家前，還好心幫我解了幾題困難的數學題目，確定我都沒問題之後，才離開我家。

回到房裡，我又坐回書桌前，先是把剩下的數學題算完，再把英文老師交代的作業完成，最後疲倦地躺在床上，心想今日事今日畢的感覺真好，很慶幸今天安曄正好來我家抄筆記，不然那幾題數學沒寫完，明天還要帶去學校請教綺綺或是惠育，如果遇到老師提早收作業的話，又得緊張個半死。

我成大字型躺著，盯著天花板，想起剛剛安曄說的話，然後又想了想今天在家門口和齊志吾小爭執的場面。

真奇怪，安曄的話好像有種神奇的說服力，在聽了他的分析之後，我才看清楚這個小爭執根本起源於兩個人的看法不同，並沒有想像中那麼嚴重。只是現在想想，我實在想不透為什麼剛剛在齊志吾面前，我會表現得那麼激動、那麼不高興？

心裡有事，我在床上翻來翻去，最後坐起身，拿手機找了齊志吾的電話，決定主動撥給他。

但電話響了很久沒人接，最後轉進了語音信箱，我又再撥了一通，卻還是得到相同的結果。

他是有事沒接電話嗎？還是被我的無理取鬧嚇著，不想接？還是他正在氣頭上，根本不接我的電話？

好多好多的問號，在我的腦海中不斷湧現，雖然知道這樣胡亂猜測，不會有正確答案，但我就是控制不住自己的念頭，老繞著他打轉。

將手機放在一旁，正想躺下，但是無巧不巧，手機在這時響了起來。我拿起手機，看著一眼螢幕上顯示的來電訊息，是齊志吾打來的。

「喂？」

齊志吾問：「妳找我嗎？」

「嗯。」

「怎麼了？」他好像沒有想像中那麼不愉快。

「沒什麼，我只是想起剛剛的爭執，那個紙條的事情。」我吞了吞口水，發現自己不知該從何說起。「我承認我的反應過大，而且紙條是人家傳給你的，決定權應該由你……」

「林姿悅！」他打斷了我吞吞吐吐不知該從何說起的話，「我說啊……」

話被打斷，我一下子接不上去，更覺得懊惱，「你可以讓我把話說完嗎？」

「我先說。妳還沒熄燈，代表還沒要睡吧？那好。」

「好什麼？」

「妳房間的燈還亮著。」

「啊？」聽了他的話，我既納悶又迷惑，「你怎麼知道我房間燈還亮著？你該不會……」

「可以的話，這些話，我想當面聽妳說。」

我終於理出頭緒。「你人在我家門口喔？」

「沒錯。」他低沉的嗓音從手機那一頭傳出，「如果妳願意，可以出來一下嗎？」

我下了床，快步走到窗邊，開窗往下看，果真看見一個高高瘦瘦熟悉的身影站在電線杆旁。

「等我一下。」

「嗯，別急，慢慢來。」

我匆匆下樓開門，他果然就等在我家門口，見我出來，笑了笑。

「還好妳還沒睡。」

「其實已經準備要睡了。」我抬頭看了他一眼，又低頭望著自己腳上的淡黃色拖鞋，「突然想打電話給你，想好好談談，沒想到連打了兩通，都沒有人接聽。」

「剛剛在路上，沒有聽見手機鈴聲。」

我點點頭，「我還以為先前的事情讓你很生氣，不想接我電話了。」

他笑了，很溫柔的那種笑，「要說生氣，也沒這麼嚴重，只是沒想到自己堅持的原則，讓妳這麼不高興。」

聽了他的話，我想起稍早之前我們爭執的那件小事。冷靜過後，此刻又聽到他這麼溫柔又退讓的言語，讓我突然有點難為情，不知道該說什麼回應。

看他說話的樣子，似乎並沒有生我的氣，這樣想起來，相較於他的毫無慍意，我的不高興實在太小家子氣。

林姿悅，妳這愛生氣的傢伙！

我呼了一大口氣，最後還是決定鼓起勇氣道歉，「對不起。」

「為什麼？」

我又說了一次，「真的對不起。」

「到底為什麼要道歉？」齊志吾一臉困惑。

我在腦海裡迅速整理自己想說的話，只是當自己覺得想好，要講出口時，張開嘴，看見齊志吾那張好看的臉和誠摯的目光，不好意思的困窘感油然而生，最後又尷尬地說不出口。

「齊志吾，那個……」我結結巴巴的想要解釋。

「沒關係，不想講的話，就別勉強了。」他拍拍我的腦袋，這樣親近的舉動讓我有些不知所措。

我抬頭看了看他，昏黃的路燈燈光下的他，好像更好看了點，「不，我不想因此睡不著覺，就是……剛剛的事情真的很抱歉，這整件事情是我太自以為是了。」

「怎麼這樣說？」

「你離開後，我冷靜想了整件事情，也和安曄聊起，總之……是我太自以為是了。」我抱歉地說：「何況，關於別人的告白，決定接受不接受的權利在於你，而不是我，我不應該自作主張，還跟你爭吵。現在想起來，我覺得自己很幼稚又無聊，剛剛你一定也覺得我很莫名其妙吧？」

帶著淡淡的笑容，他搖搖頭，「不會，妳的話也讓我思考了一下自己的做法是不是哪裡錯了。」

「其實根本沒有誰對誰錯，安曄也說，這只是每個人的做法和想法不同而已。」

「但我應該好好跟妳溝通我的想法，而不是一口否定妳的看法，跟妳唱反調。說真的，我並沒有覺得妳自以為是，事實上……」他用認真的眼神看著我。

「什麼？」

「事實上，我從這件事情裡看出了妳的善良。」

「齊志吾！」

他繼續說下去，「因為妳很善良，所以不想傷那個女孩的心。只可惜，在感情的世界裡，我們沒辦法因為怕誰受傷而勉強自己，所以，就像剛剛說的，如果我確定自己不會喜歡她，也很明白和對方不會有交往的可能，就絕對不會收她寫的情書，免得令她有了其他的期待，反而更受傷害。」

他說這些話的時候，眼神嚴肅。剛剛我和他起爭執，還以為這樣嚴肅的眼神，是因為他不高興，但現在把誤會說清楚，才明白他的嚴肅不是因為生氣，而是因為他對事情的堅持。

「真抱歉。」我不好意思地笑了。

「沒有誰對誰錯，又何必道歉啊！」他拍了我的腦袋，「對了，我買了兩杯飲料，一起喝吧！」

「飲料？你要去我家坐坐，還是……啊，我們到附近公園坐一下好了。」

他牽著腳踏車，和我一起走到離家不遠的小公園前。

「我覺得你居心不良。」坐在涼椅上，接過飲料的我，擺出一臉不高興的姿態。

「怎麼說？」

「今天我們吃了超大碗的牛肉麵，又吃了熱量超高的草莓牛奶冰，現在臨睡前你還買了珍珠奶茶來給我喝，想胖死我啊？」

「哈哈，別曲解我的好意。」

「是好意嗎？根本就是想肥死我。」我喝了一口珍珠奶茶，「但是好喝！」

「妳變胖了也好。」

「齊志吾，怎麼這麼說啊！」我握拳在他眼前揮舞。

他不以為意的笑著，「這樣我就減少競爭對手啦！」

「什麼競爭對手？」我納悶地看著他。

「其他想追妳的人，都是我的競爭對手。」

「喂，你啊！」我起身瞪他，「齊志吾，今天可不是愚人節，一點也、不、好、笑！」

「妳又知道我是開玩笑了？」

「我沒那麼笨好嘛！」我哼了一聲，坐回原位，連吸好幾口珍珠奶茶，細細咀嚼嘴裡甜甜的珍珠。

「要是妳真的這麼想，那就算了。」齊志吾也不跟我認真，只顧著喝自己的飲料，但他的笑容裡好像藏著什麼不好說出口的情緒。

不知道是不是甜食帶來的好心情，還是因為知道他並不在意先前的小紛爭而覺得安心，現在我們坐在一起喝飲料、閒聊，心情格外輕鬆。

「誤會解開了真好。」我鬆了一口氣，「剛剛打兩通電話給你，你都沒接，我心裡其實有一點點失落。」

「妳在意我？」

「臭美！我只是不喜歡事情沒講清楚的感覺。」我嘟了嘟嘴，指著自己的心臟，「這裡會覺得卡卡的，不舒服。」

「嗯……」

「那你呢？怎麼又跑來我家啊？」

「因為回到家之後，我也覺得這裡，」他也學我指指自己的心臟，「卡卡的，不舒服。」

我捶了他的肩一下，「齊志吾，幹麼學我說話？」

「雖然是學妳說話，但我說的是實話。」他嘆了一口氣，「回到家，愈想愈覺得應該要跟妳講清楚，於是又跑來找妳。」

「是喔。」我一面細細品味著好吃的珍珠奶茶，同時細細思索著齊志吾的話。

原來那種超悶超難受的感覺，不只是自己有而已。沒想到，齊志吾也有相同的感受。只是很奇怪，他看起來是個灑脫的人，沒想到會因為這種小事耿耿於懷……

一邊想著，我又偷看了一眼他的側臉，發現雖然才認識他不久，心裡卻有一種好像認識很久、彼此很熟的感覺。是因為他好相處的緣故嗎？

他咳了一聲，將我拉回現實，「我好像應該謝謝李安曄。」

「啊，為什麼？」

「沒有他居中調解的話，現在我們也不會坐在這裡開心地聊天。」

「說到這個，坦白說，剛才聽安曄的話，我也挺驚訝的。我原以為他會和我一樣，暫時先把紙條收起來，沒想到……」

「沒想到他的做法跟我一樣，對吧？」

「嗯。」我笑了笑，「真奇妙，你們的個性完全不同，但在這種事情上的想法竟然完全一致。」

「我想那是因為，我和李安曄的心裡，都住著一個女孩的關係吧。」

聽了齊志吾的話，我忍不住哈哈大笑，想開口說什麼，但才張嘴，又忍不住笑了出來，還被粉圓嗆了一下，咳了好幾聲，「哪、哪有可能？」

齊志吾體貼地拍拍我的背，「妳還好吧？」

「還好。」我平撫了一下咳嗽。

「怎麼笑成這樣，有什麼那麼好笑的啊？」

「就你剛剛說那什麼『我和李安曄的心裡，都有另一個女孩住著』……」我刻意模仿他的口吻和語氣，但話還沒講完，又忍不住笑。

齊志吾一臉困惑，「這句話有什麼好笑的？」

「你應該不算安曄的朋友吧？」

「不算。」

「你心裡是不是住著一個女孩，我不清楚，但說到安曄，」我指著自己，「我和他是青梅竹馬，連我都不知道他心裡住了誰，你怎麼會知道？」

「那是妳遲鈍。」

「就算我真的遲鈍好了，但是我和安曄之間是沒有祕密的，所以他如果有喜歡的女孩，一定會老實告訴我，絕對不可能隱瞞我，就像我也不會隱瞞他一樣。」

「是這樣嗎？」齊志吾將喝了一半的珍珠奶茶放在椅子上，睨了我一眼。

「當然啊！」我抓抓頭，突然想到他話中的矛盾，「對了，所以……嘿嘿，剛剛你說溜嘴了！原來你不拿紙條的原因，是因為心裡有另一個女孩？」

他坦率承認，「對。」

「早說嘛，該不會是寫在冰店牆上的那個……初戀女友林玉莉吧？」

齊志吾嘆了一口氣，「她的名字是林雨莉。」

「喔，林雨莉，對，是林雨莉。」冰店牆上那幾個用鉛筆寫上的字，彷彿浮現在我眼前，「是她嗎？」

「不是，是別人。」

「那……對方知道嗎？」

「不知道。」

「所以是你暗戀人家？」

「對。」他點了點頭。

「哇，真是大新聞！沒想到女同學心目中的天菜齊志吾，竟然也有暗戀別的女生的時候。」我刻意誇張，將左手放在嘴邊假裝大喊。

「這是哪門子大新聞啊。」他敲了我的腦袋一記。

「足以上頭版的大新聞！」我強調。

「妳不好奇那女孩是個怎樣的人？」

我將珍珠奶茶放在旁邊，起身一邊踱步一邊思索，「我猜，應該是個長得很漂亮、很漂亮的女生，臉蛋白白嫩嫩的，像個洋娃娃一樣？」

他不置可否。「嗯哼。」

「唉呀，總之，我覺得像你這麼好看的人，喜歡的女生一定也是很吸引人的那種。我不知道該怎麼形容啦！」我在他面前站定，「我說對了嗎？」

「某部分對了。」

「哪一部分？」我揚起眉，雖然只猜對了一部分，但我不禁有點得意。

「她不是洋娃娃類型的女孩，」齊志吾用他低沉的嗓音述說，「但她卻有一種讓我想靠近的特質。儘管認識她沒多久，但她卻總有辦法吸引住我。」

「那就是喜歡了！」明明沒有談過戀愛，但我還是假裝專業的說：「喜歡這種事，好像就是這麼奇妙的感覺喔。」

「是啊，沒錯。」他聳聳肩。

「不過，我好好奇，你有打算向她告白嗎？」我坐回涼椅上，盯著他問，又看見他額頭上的透氣膠帶微微翹起，於是順手幫他重新貼好。

「唔，謝謝。」

「不客氣，誰叫我是你救命恩人，好像隨時隨地都要注意你的情況。話說回來，你還沒回答我的問題。你打算向她告白嗎？需不需要我充當你的加油團什麼的？」

「不需要。」

「哈哈，也對，憑你的『美色』，根本就不需要什麼加油團就能搞定對方了。」

「如果我真的告白，妳需要做的，只是點點頭而已。」

點點頭？點點頭？點點頭！

聽了他的話，我先是一陣困惑，但看著他認真的表情，我再怎麼遲鈍，也聽懂了他的意思。

所以，齊志吾說的那個女孩是指我林姿悅嗎？

這是他想懲罰我今晚無理取鬧的惡作劇嗎？

可是為什麼此刻的齊志吾，不管是表情或是眼神看起來都這麼樣的認真，不像惡作劇或是開玩笑的樣子？

因為他的話，我的心臟先是漏跳了幾拍，接著跳動的頻率突然變得好快，呼吸也急促起來。我別過臉，假裝從容地拿起放在一旁的珍珠奶茶，原想在還沒想出該如何應對的時候，先從容喝口飲料，但誰知道愈是刻意就愈容易出錯，我又再一次嗆到，還差點把嘴裡的珍珠噴了出來！

他體貼地拍拍我的背，「狼吞虎嚥不是一個女生該有的行為。」

我又嗆了一下，有些懊惱地說：「誰叫你說那些有的沒的，亂開玩笑！」

「我不是開玩笑的，那個女孩就是林姿悅，也就是妳。」

齊志吾直接地告白，讓我的心臟又漏拍，我微微轉身看著他，卻又看見他深情又認真的眼神，「可是……」

「你想說我們認識不久而已，對吧？」

我尷尬不語。

「其實，我喜歡妳很久了。」他停頓了幾秒，「高一下學期的體育課，我們兩班的上課時段相同，妳記得嗎？」

要不是先前惠育提起過，倉促之間，我根本想不起這件事來。

「當時，我們兩班原本說好場地使用一班一半，但是我們班上幾個跋扈的女生怎樣就是不肯退讓，妳還跳出來跟她們抗爭。」齊志吾笑了笑，「那時候我就覺得妳很有膽量，所以特別注意妳。還有先前，妳什麼都不管，衝動地幫助那個被打的同學……總之，我喜歡妳的正義感。」

聽著他認真的訴說，還在震驚情緒中的我不知道該說些什麼，只好輕輕應了聲，默默看著他。

「沒想到妳對我沒什麼印象。忘記了嗎？後來我們兩班還在期末的辦了一場友誼比賽，當時的男女混雙組，妳跟我對打過耶！」

「體育課的比賽，我只擔心打不好，成績不好看好，給班上丟臉，誰會在意對手的長相！」我哼了一聲。

「說得滿有道理的，」他聳聳肩，「可是我們練習時也對打過好幾次，妳都忘了。」

「是這樣嗎？」我有點慌張。

「總之，那時候的體育課，我總會偷偷觀察著林姿悅的一舉一動。」

面對這樣直接的告白，我因為害羞的關係，不知道該回應什麼，只能保沉默。

齊志吾站起身，背對著我，仰頭看著掛在漆黑的夜幕上的上弦月，而仍坐在涼椅上的我，看著他高高瘦瘦的背影，覺得這一切就像是一場夢。

沒想到，在自己不知情的情況下，竟有一個男孩默默在某個角落看著我、暗戀我……

「真的覺得很巧，沒想到會在受傷的時候遇見妳。」

我張了張嘴，卻什麼也說不出來。

「其實，我先前曾猶豫過是不是要追妳，但我以為妳和李安曄是男女朋友，所以沒有表示。」

我看著他，噗哧笑了出來，「原來你也曾經誤會過。」

他轉過身來注視我，「沒錯，但我是個會勇敢追求愛情的人，所以即使妳有交往的對象，我還是會試著追妳。」

因為尷尬，我還是不知道該回應什麼。

「但我先前看見妳跟李安曄相處，妳總是笑得很開心的樣子，所以打消了追妳的念頭。」他笑了一下，「不過這次幸好遇到妳，又聽到妳親口說，妳和李安曄只是很要好、很要好的朋友而已，所以我才下定決心！」

「齊志吾！」我想說什麼。

但他將食指在唇邊豎直，要我別再說下去。「林姿悅，我喜歡妳。」

「可是我……」

他露出了然於心的笑容，「我知道，妳現在對我的感覺，根本稱不上是喜歡，但是沒關係，只要妳知道我喜歡妳，這樣就夠了。」

和齊志吾互道晚安，說了再見，回到家門口的時候，爸爸媽媽正巧回來，停好了車，提著大包小包的東西站在門口。

走進家門，媽媽手上的東西還沒放下，就好奇地問：「小悅，剛剛那位男同學是誰啊？」

「你們有看到他？」

「瞄到一眼，看起來高高帥帥的。」

「他是齊志吾，就是那天在停車場受傷的那個男同學啦。」我接過媽媽手上的東西，放在茶几上。

「他的傷口還好吧？」

「醫生說只要別碰到水，記得換藥就好了。今天回診的時候，看傷口情況判斷，差不多快好了。」

媽媽點點頭，「長得那麼帥，身材也不錯，還好傷的不嚴重，不會破相。」

「我說，親愛的媽媽啊，妳畫錯重點了吧！」我嘆了一口氣，坐在沙發上。

「我是說真的啊！」媽媽也坐下來。「對了，他怎麼來找妳啊？」

「因為我又忘了帶鑰匙，所以他今天送我回家……」我順便把今天發生的事情經過都告訴了爸爸媽媽，「總之，他剛剛突然來找我，跟我和解。」

爸爸饒有興趣地問：「所以他是特地過來找妳解釋的嗎？」

「嗯，」我想起齊志吾剛剛的告白，停頓了幾秒，「對。」

「其實，這件事情不是他錯喔！」爸爸說。

我給了爸爸一個撒嬌的眼神，「我知道，所以和安曄聊過之後，我立刻撥了兩通電話給他。」

「安曄和他彼此認識？」

我搖搖頭，「他們在學校都是風雲人物，算是知道對方，但私底下不認識。」

「安曄和他都是好孩子。」媽媽笑呵呵地看著爸爸，「對吧，親愛的？」

「是呀！看他剛剛態度禮貌的樣子，確實是個好孩子。」爸爸也點頭贊同。

「不管是他或是安曄要追我們家小悅，我都舉雙手贊成。」媽媽笑得更曖昧了，

「我們家小悅行情不錯喔！」

「什麼跟什麼啦！」我皺著眉，拉著媽媽的手撒嬌。

爸爸也跟著說：「小悅，談戀愛可以，不過妳要記住，課業絕對不可以受影響。放心，爸爸媽媽是很開明的。」

「我不想理你們了，」我站起身，「我要睡覺啦。」

「好，快去休息吧。」媽媽叮嚀我，「記得，把備份鑰匙放進書包裡，一樣東西忘記三次，就太誇張囉！」

「喔，對，差點又忘了！」我拍拍額頭。

「明天爸爸會晚點進公司，我們載妳去上課。」

「可以嗎？」

「可以。」爸爸點點頭，「安曄要不要也一起搭個便車？」

「安曄都騎腳踏車上下課，放學後還要去補習，搭我們的便車上學，他就沒辦法騎車去補習了。」

「那好吧，」爸爸站起身。

我踏上樓梯，「爸媽晚安。」

「晚安，早點睡覺。」媽媽揮揮手，「還有……」

「還有什麼？」我停下腳步，疑惑地看著媽媽，以為她還要交代什麼。

「真的談戀愛的話，記得告訴爸爸媽媽喔。」

我翻了白眼，快快地說了「晚安」就跑上樓去。

回到房間，趴在床上，想著晚上的經過。雖然閉上眼睛，但腦袋裡浮現的全都是齊志吾的臉，從他突然出現、我們之間的每一場對話以及他的告白……畫面就像被剪輯完整的影片一般，在我腦海中反覆播放。

我用力捏捏臉頰，覺得很疼，才確認這確實不是一場夢。

只是，既然不是夢，為什麼會這麼不真實的感覺？

齊志吾的告白，其實讓我很驚訝也很震撼。沒想到像他這樣的一個人，會喜歡像我這麼平凡的女孩，而且還暗戀了一段不算短的時間，默默地在一旁關心著我、觀察著我。

這麼一想，簡直跟作夢一樣。

但是今天說這些話的他，又是這麼樣的誠懇，誠懇得讓人覺得在漆黑天上的上弦月都在為他作證。

林姿悅，我喜歡妳。

我翻身，想起他用那低沉又溫柔好聽的嗓音說出的告白，心臟再次撲通撲通地跳得好快，呼吸也變得急促了。不知道為什麼，聽到這些話語時，我的反應會如此緊張和激動，更不知道為什麼，事後想起來還會有相同的感覺？是因為這是人生中第一次被告白，所以覺得受寵若驚？還是是因為我被這些話感動的緣故？原因我不知道，只知道此刻的自己在心跳加快的同時，還有一種暖暖的、甜甜的滋味，難道……因為對方是齊志吾的關係嗎？

我又翻了一次身，發現雖然時間已經晚了，但因為這一連串的遭遇，躺在床上的我根本毫無睡意。原以為和安曄聊完，打電話給齊志吾道歉之後，就能睡個好覺，然而一切不但沒有照著我原本設定的計畫發展，卻反而導出令人出乎意料的劇情！

唉，精神這麼好，怎麼可能睡得著嘛！

我躺著，看天花板上爸爸幫我貼的夜光星星，又再次想起齊志吾告白時，那張認真又好看的臉。

手機在這時候響了起來，來電顯示是齊志吾。我按下接聽，「喂？」

「喂，妳睡了嗎？」

「還沒。」被你的告白嚇到，睡得著才有鬼……我在心裡嘀咕。

「那妳在做什麼？」

「準備睡了。」

「嗯，」電話那頭的他停頓了幾秒，「林姿悅！」

「幹麼？」我的心臟跳得更快了些。

「希望我的告白沒有造成妳的困擾，也希望我們之間的相處，不會因為我的告白而有所改變，還有……」

我差點忘了呼吸，一心等著他接下來要說的話。

「只是想告訴妳，就算妳不接受我的告白也無妨，只要妳能開開心心的就好。」

心頭暖暖的。

「妳早點休息。」

「晚安。」我吸吸鼻子，覺得很感動。

電話那頭的他緩緩呼出一口氣，「林姿悅，我今晚說的每一句話都是真的，還有……我真的、真的很喜歡妳。」

因為早上是爸爸送我到學校，順路買好早餐後，我比平常早半個小時進到教室。

昨晚的事情再加上睡前齊志吾的那通電話，讓心臟跳得一直很快的我根本就處於亢奮的狀態，雖然閉著眼睛，感覺上好像睡著了，但意識卻很清楚，尤其一想到齊志吾的表情以及他昨晚的言語時，神智立刻清醒，將瞌睡蟲趕走……就這樣反反覆覆，好不容易勉強睡著，已經是四點半以後的事了。

「怎麼一大早這麼沒精神啊？」惠育放好書包，挪過椅子來看著我問。

趴睡在桌上昏昏沉沉的我，睜開眼睛瞄了她一眼，「昨天失眠。好累喔！」

「是喔，妳也還沒吃早餐？趁早自習前，我們來個早餐的約會吧！」

「啊！」我坐直身子，伸了個大大的懶腰，打了個舒服的呵欠，「好睏喔。」

「好好的昨晚怎麼會失眠啊？妳喝咖啡？」

我搖搖頭，正想說什麼，但環顧四周，發現同學們大多進了教室。我衡量時間，跟惠育提議，「還有十五分鐘，我們去外面邊吃早餐邊講吧！」

一臉疑惑的惠育拎著裝蛋餅的塑膠袋，和我一起走出教室，坐在走廊尾端樓梯間的階梯上。

她拿出蛋餅，好奇地問我，「什麼事情這麼神祕？」

我也取出火腿吐司，還沒吃就先嘆了一口氣，「妳要幫我保密喔！」

「妳都這樣講了，我不幫妳保密的話，搞不好會被妳打死吧！」惠育咬了一口蛋餅，小聲地問：「到底發生什麼事啦？」

「齊志吾……」我說出那個害我失眠的人的名字，但一時間不知道該從哪一段講起。

「齊志吾？齊志吾怎麼了？」惠育催促著問。

我心一橫，「唉唷，齊志吾昨天晚上向我告白，說他喜歡我。」

「齊志吾向妳告白？」因為太震驚，惠育忘了要控制音量，飆高音調，手上一鬆，蛋餅又掉回袋底。

我緊張地看看四周，確定沒有別人聽到，將食指放在唇邊，「噓，妳小聲一點。」

「妳說、妳說齊志吾昨天晚上向妳告白？」惠育雖然警覺地壓低音量，但眼珠子依然因為驚訝而瞪得大大的。

「沒錯，他跟我告白。」我吸了一大口氣，「他說他喜歡我，要追我。」

「天啊，神發展！這就是所謂的一見鍾情嗎？」

我搖搖頭，「也不算吧，他說高一上體育課的時候，就注意到我了。」

「然後呢？然後呢？」這件事情顯然引爆了惠育的滿腹好奇，她連早餐也不吃了，忙著追問，「快告訴我啦！」

「然後他就告白了呀，說他喜歡我……」

「那他為什麼以前沒有追妳，拖到現在才來坦承？」

「他說他原以為我和安曄是男女朋友。」

「所以才顧忌著沒有行動？」

我回憶了一下，「但他也說，他是個勇敢追求愛情的人，所以儘管誤會我和安曄是男女朋友，還是會試著……」

「試著追妳？」惠育的眼睛睜得更大了，自己搶先說出口。

「嗯。」

「他既然這麼說，那為什麼沒有追？」

「他說，他看我和安曄相處時，總是笑得很開心的樣子，覺得這樣也好，才沒有付諸行動。」

「天啊，」惠育雙手交握，一副感動的模樣，「這真是太犯規了！我說齊志吾這傢伙也太浪漫了吧？要我是妳，就直接撲過去緊緊抱住他……」

「惠育，妳很誇張耶！」

「拜託，對方是齊志吾好不好！這是把握機會，根本一點也不誇張好嗎？」

我嘆了一口氣，沒有說什麼。

好不容易惠育回過神來，又追問後續，「然後呢？」

我想了想，「沒什麼然後了，大概就是這樣。他回家後有再打電話給我，說他方才那些話都是真的。」

「換成是我，一定會被他的告白迷倒。」

「真的嗎？」

「難道妳都不感動？」

我仔細想了一下，誠實地回答，「說沒感覺是騙人的，但我也不確定自己的感覺到底是什麼，只知道因為他的告白，讓我有一種受寵若驚的感覺。」

「還有呢？」

「其他的感覺，我不太會形容。」

惠育摸摸下巴，「那聽了他的告白後，妳有想答應他的衝動嗎？」

「似乎沒有。」

「那妳對於他的告白……覺得討厭嗎？」

「討厭嗎？」我重複惠育的問題，細細衡量，「不，不會討厭。」

「那有沒有可能，其實妳對他的感覺也還不錯，只是告白來得太突然，讓妳一時之間搞不清楚自己對他的感覺呢？」

「我不知道。」我忍不住苦笑，「但我覺得自己真的很奇怪，認識他沒多久，突然聽見他告白，竟然沒想到要拒絕，反而還呆呆地從頭聽到尾。更奇怪的是，我不但沒有不高興或是不舒服的感覺，還……我說了，妳可不能笑我喔！」

惠育沒好氣的說：「我怎麼可能笑妳嘛！」

「總之，後來掛了電話要睡覺的時候，我發現我因為他的告白，心裡有一股暖暖甜甜的感覺。」

「是喔。」惠育摸了摸下巴。

「所以，我真的覺得自己好矛盾。從前我總認為『喜歡』這件事情，一定要建立在兩個人彼此有足夠了解的關係上的，對於有些人因為覺得哪個男生、女生不錯，就猛烈展開追求這種事情，不怎麼認同。」

「對啊，上次三年二班的學長，也曾表達過喜歡妳的意思。我記得妳當下就毫不猶豫地拒絕了對方。」

「因為我真的不喜歡那個學長。」

「這樣說來，沒有拒絕齊志吾告白的妳，就是喜歡齊志吾了喔？」

「我不知道。」我苦笑了一下，「我只知道自己不討厭他，但到底是不是喜歡……還不確定。」

惠育認真的分析，「也許是因為告白來得太突然了，也有可能是因為，妳的潛意識始終不肯相信，自己會在這麼短的時間內接受一個人，所以才會產生這樣的疑惑吧。」

我想了想，覺得她說得很有道理。也許就像惠育猜測的那樣，齊志吾突然的告白令我不知所措，也可能是因為我始終不相信自己會在這種情況下，倉促的喜歡上一個人，所以才不確定這種感覺到底是喜歡還是不喜歡。

「時間差不多了，我們快點吃早餐吧！」

惠育拿起蛋餅，邊咬邊問：「小悅啊，妳會告訴安曄這件事情嗎？」

我喝了一口紅茶，「當然啊，我和安曄之間幾乎沒有祕密。」

「那就好。」

失眠的威力果然不容小覷，上午的四堂課，我渾渾噩噩地度過，歷史課時，還因為真的撐不住而打起瞌睡，不斷醒了又睡、睡了又醒，最後被老師叫起來，出去洗把臉之後再回座位。

可能是因為精神不好，午餐時間，我竟然沒有半點食欲，於是決定請中午要去社團開會的惠育回來時幫我買麵包，想先趁空檔好好補個眠。

雖然教室鬧烘烘的，但趴在桌子上，我很快地就睡著了，只是睡到一半，忽然聽見齊志吾喊我名字的聲音。我立刻驚醒，發現他本人果真就站在我的座位旁，笑咪咪地看著我。

「午餐時間不吃飯，怎麼在睡覺？」

「太睏了。」我揉揉眼睛，打了一個大呵欠。

「走！」

「去哪？」我納悶地看著他，同時注意到班上其他女同學都朝著我和齊志吾的方向看過來，有兩個女生正交頭接耳的不知道在說些什麼。

「吃飯啊。」他拍拍我的肩，拉著我的手臂，要我跟著他走。

「去哪吃飯？我現在只想睡覺。」我試著想揮開他的手，但卻沒有成功，只好跟著他走出了教室。

從教室到走廊，再從走廊到樓梯口，最後我們走到一樓後棟的榕樹下。一路上我因為其他同學的「注目禮」而覺得不自在，幾次想把他的手撥開，但卻屢屢失敗。他緊緊握著我的手，拉著我往前走，直到站在樹下，才把手放開來。

他坐在大樹下，「我的炒麵給妳吃。」

「你自己吃吧。」我坐在他身旁，靠著樹幹，涼風吹拂，覺得很舒服。

「剛剛去找妳，才發現妳竟然沒有吃午餐。」

我將腿伸直，以最舒服的姿態背靠大樹，「因為我真的好睏，一點食欲也沒有。現在，睡眠才是我最需要的。」

「先把麵吃了。」他拉開橡皮筋，打開便當盒，「這給妳。」

「你吃就好。」

「林姿悅！」

「嗯？」

「至少吃三口。」

「齊志吾，我真的好累，累得一點食欲也沒有。等一下惠育會幫我買麵包的，所以你吃你的飯，不要管我。」我打了個大呵欠，然後閉上眼，「如果午休鐘響了，而我還沒睡醒的話，記得叫我一聲……」

「嗯，妳睡吧。」

在午後涼爽的樹蔭底下，以及徐徐微風的吹拂下，我閉上了沉重到不行的眼皮。

也不知道睡了多久，醒來的時候，睜開眼睛，才昏昏沉沉地發現身在何處。想起午餐時間，齊志吾拉著我走出教室再到這裡來的經過……不過不對啊，我是靠著樹幹睡著的，怎麼這棵榕樹的樹幹一點也不硬，反而靠得很舒服？往旁邊看了一眼，這才察覺自己靠著的不是老樹樹幹，而是齊志吾的臂膀。

我坐直了身子，看著身旁的齊志吾，他也正閉著眼睛假寐。

他閉著眼，好看的臉因為睡著了而顯得平靜，胸膛也因為規律呼吸而一起一伏。仔細觀察，他真的是個不折不扣的帥哥，有一張既好看又迷人的臉，臉頰上還有著深深的酒窩，平常開心的時候，總是露出陽光的笑容，外貌條件足以當明星，難怪有這麼多女生喜歡他。

我想了想，學校裡，高三那幾個長得帥帥的學長總是很吃香，所交往的女朋友，不管是外校或是校內的學姊，都是漂亮的大美女。像齊志吾這樣的男生，怎麼會注意到像我這樣的醜小鴨？又怎麼可能暗戀我這麼久呢？更何況隨便比較一下，同年級的女同學中，許多人都比我好看、漂亮，為什麼他會喜歡上我呢？

我下意識地捏了捏臉頰，想再確認這是不是一場醒不過來的夢。但既然是夢，為什麼感覺這麼真實？還是……這是真實世界沒錯，但整個過程卻是齊志吾一場無聊又低級的惡作劇？

弓起膝蓋，我將下巴靠在膝蓋上，歪頭看著沉睡中的他，然後想起昨天晚上的告白，甜甜的感覺再次浮上心頭。

我想起早上惠育說的話……是啊，比起之前那些讓我覺得不舒服而拒絕的告白，對於齊志吾突然的示愛，我竟什麼表示也沒有。雖然當時的我並沒有答應他，但也沒有反對或是拒絕，而且後來仔細想想，我知道自己並不討厭齊志吾對我的告白，不僅如此，還因為受寵若驚以及難以形容的激動情緒而整夜未眠。

不討厭他的告白，是因為心裡有一點點、一點點、一點點的喜歡他嗎？

林姿悅，妳真是太莫名其妙了！

「是看我的睡相看到呆住了嗎？」

被齊志吾的聲音嚇到，我立刻把眼神移向別處，「臭美！」

他微彎了身，笑咪咪地看著我，「被我說中了吧？」

「齊志吾，你是哪裡有問題啊？」我哼了聲，不想理他。

「我沒有問題，有問題的是妳啊。睡飽了吧？還有點時間，我們趕快把這盒炒麵吃掉吧！」

「你還沒吃喔？」

「當然還沒。」他把便當盒遞給我，「妳先吃。」

「那是你的午餐，你吃吧。」我笑了笑，「我回教室吃麵包。」

「林姿悅，午餐只吃麵包不營養。」他皺皺眉。

「但我真的沒有食欲，你吃吧。」我認真的看著他，「我很堅持。」

「真拿妳沒辦法。」

我注意到周遭都很安靜，不像是平常午餐時間那樣吵鬧，「現在幾點了？其他人呢？」

他揚起眉，從口袋裡拿出手機，看了一眼上面的時間，「放心，離午休下課時間還有十分鐘。」

「喔。」我正要放心地點點頭，突然發現他話裡的不對勁，忍不住大叫，「什麼？現在已經是午休時間！你怎麼沒叫醒我？」

「妳怎麼不問，是誰睡得太熟很難叫？」

我頓時尷尬，「你叫不醒我？」

「妳賴床的樣子很可愛。」他聳聳肩，沒有直接回答我的問題。

「齊志吾！」我瞇著眼，用自以為很具威脅性的眼神看著他。

「嗯？」

「要是你害我被班導處罰，我絕對找你算帳。」

「別這麼激動。我有叫妳，還叫了妳兩次，但妳睡得很熟，我實在不忍心打擾妳，結果沒想到後來連我自己也睡著了。」

「睡得很熟？」我想起媽媽常笑我睡覺會打呼的事，覺得非常窘，「該不會打呼了吧！」

「沒有。」他笑了。

「那就好。」我鬆了一口氣，在暗戀自己的人面前打呼，未免也太丟臉了。

「幹麼在意這個？」他哈哈大笑，「我以為妳不是會在意這種小事的女孩。」

「這句話是消遣我嗎？」

「當然不是。」他看著我，「是稱讚妳的個性，大而化之。」

「最好是……」我不客氣地捶了他的手臂一拳，但卻不小心揮到了他手臂上包著繃帶的傷口，「啊，對不起！」

「噢！」他皺皺眉。

「對不起，你還好吧？」我緊張地拉起他的手，替他檢視受傷的部位，「不會很痛吧？」

「不會。」

我低下頭，將不小心扯歪了的紗布調正貼好，「今天還是一樣去換藥吧！」

「沒關係，醫生不是說了嗎，接下來自己換就可以了。」

「可是，」我皺眉，「我覺得還是去給醫生換藥比較安心。」

「林姿悅！」他突然喊我。

「啊？」

抬頭看著他，因為距離近的關係，迎上他眼神的我不由得心跳加快。

我的天呀！林姿悅，昨天人家向妳告白時，妳心跳加快還情有可原，但現在他什麼也沒說，只不過是喊了妳的名字而已，妳心臟跳得這麼快是怎麼回事？

因為無法控制心跳，我只好假裝把注意力集中在他手臂的繃帶上，心裡暗自希望他並沒有察覺我急促的呼吸。

「妳擔心我？」

「人非草木，總會有惻隱之心。」我白了他一眼。

「妳在意我？」

「……」

「幹麼不說話？」

「我不想理一個自大鬼無聊的廢話。」

「哈！」

「而且，」等待鐘聲響完，我才繼續說下去，「現在午睡時間已經結束，我要趁著上課鐘響前，趕快回去吃我的麵包。」

他很快地站起身，伸手拉了我一把。

「謝謝。」

「不客氣。」

齊志吾正要往前走，但我尖叫了一聲，他又趕緊回過頭來。

「啊！」我指著地上一隻好肥好長的毛毛蟲大叫，「毛毛蟲！那裡！啊，這還有一隻！」

慌亂中我急著亂跳，最後被他溫暖的大手抓住。在混亂中，我唯一聽到的就是他毫不掩飾的笑聲，「過來這裡。」

「呼，嚇死我了。」我抓著他，緊張地確認自己腳邊還有沒有毛毛蟲的蹤影，在確認安全之後，才鬆了一口氣。

「都沒了，放心。」

「嚇死人……」我自言自語的說著，抬頭想謝謝齊志吾的「救命之恩」時，這才發現，在混亂的情況下，我竟然不由自主抓住了他的手，兩人面對面，距離極近。我急忙放開他的手，往後退了一步，把頭低下來，假裝觀察地上是不是還有毛毛蟲，

「真是嚇死我了！」

接著，我假裝沒事地拍拍自己胸口，但不敢把視線與他相對，也不知道該說些什麼，只能悄悄吸氣呼氣，平撫緊張的心情，但卻感覺到自己的耳朵熱熱地燙了起來。

「妳害羞啦？」

「哪有。」我打死不承認。

「但妳通紅的臉蛋和耳朵，已經幫妳回答了這個問題。」齊志吾淡淡地笑著，但我根本不敢正視他，生怕因此臉頰更紅。

「亂講！」有沒有亂講，我心裡很清楚，但現在除了胡亂反駁之外，也想不出該說什麼，「好啦！我要回教室了。」

我揮手道別，往教室方向走去。

走到大樓入口時，正巧看到安曄和其他人經過，「你買飲料喔？」

「對啊！」安曄走到我面前，對我溫柔地笑著，然後瞥了一眼往教室方向離開的齊志吾，「妳看起來怎麼這麼累？」

「昨晚失眠了，」我苦笑解釋，「今天上課都昏昏沉沉的。」

「這給妳。」他將冰冰的鋁箔包奶茶貼在我的臉頰上。

「好冰啊！」我精神一振，接過安曄手中的奶茶，「不過，謝謝安曄。正好等一下配我的午餐麵包。」

「怎麼還沒吃午餐？」

「因為在補眠與午餐之間，我選擇了補眠啊！」我瞇起了眼，笑嘻嘻地說。

「以後再這樣，小心我跟林爸爸、林媽媽告狀。」

「好啦，」我嘟起嘴，「你也小心點，別讓我抓到什麼把柄，不然我也要跟你媽媽打小報告。」

「快回教室吧！記得把麵包吃完。」

比了個OK的手勢，「當然，一定會的。」

「對了，上次說的電影，我買好預售票囉！」

「太好了，我一定要去看。那我先上樓了！」

「快去，肚子還餓的話，傳個訊息給我，我再幫妳偷渡糧食。」

因為安曄的體貼，我給了他一個甜甜的笑容，「謝謝你。」

往前走了幾步，突然想起要跟安曄分享這兩天奇怪的遭遇，「安曄！」

「唔？」他還站在原地，疑惑地看著我，午後的微風吹動他短短的劉海，「現在就要我偷渡糧食了嗎？」

我噗哧笑了出來，「不是啦！」

「不然呢？」

「有空想跟你說一件……」我想了想，竟想不出該怎麼形容昨天晚上齊志吾告白的事，「奇怪的事情！」

安曄原本微笑的臉上顯出一絲困惑，但很快就被他慣有的笑容所掩蓋，「晚上洗耳恭聽。」

「好。」我點點頭，「不過我今天的功課有點多，要等我寫完作業才能慢慢講給你聽。」

「我等著。」

「謝謝。」我大口啃著惠育幫我買的麵包。原本不覺得餓，一看到食物才感覺到肚子咕嚕咕嚕叫。

「林姿悅，坦白從寬！」惠育曖昧地看著我。

「什麼坦白從寬？」我歪著頭。

「剛剛午休時妳跑去哪裡了？」

惠育的問題，讓我立刻了解她臉上為什麼會有這樣曖昧的表情，「原來是想知道這個。」

「我聽說齊志吾很 MAN 地走進教室，把妳拉出去。」

「有很 MAN 嗎？太誇張！」我不苟同，翻了白眼。

「明明就是，所以……」惠育小聲地問：「他帶妳去哪裡啊？」

我聳聳肩，「後棟的大樹下啦！」

「哦，」惠育揚起了眉，表情更是將「曖昧」兩個字發揮到極致，「去情侶勝地啊！」

「情侶勝地？」我皺皺眉，經惠育這麼一講，才想起那個地方總被我們戲稱成「情侶勝地」。事實上，後棟的大榕樹是學校裡一處美麗的傳奇地，因為有好幾對學生情侶都是在那邊告白成功的。

但當時只想睡覺的我，怎麼可能想到這個，唯一想的只是要舒舒服服坐在樹下補眠而已。

「那，齊志吾有跟妳再一次浪漫告白嗎？」

「當然……」我嘻嘻嘻地賣關子，「沒有。」

「吊人胃口！」

「真的沒有。」我連啃了兩口麵包，配一口安曄給我的冰奶茶。

「我看，如果他在那裡跟妳告白，也許你們今天就手牽著手回教室囉！」

「惠育，妳真的想像力豐富耶！」

「我不是想像力豐富，我是判斷力十足。」

「是是是，大偵探。」

「沒想到他居然沒有把握機會，真可惜！聽說在那裡告白的成功率高達百分之九十！」惠育雙手合十，彷彿置身在那棵樹下。

我沒好氣說：「那只是傳說，傳說而已。」

「但是在那告白成功的機率之高，不容小覷。」

「百分之九十成功，也有百分之十的失敗。再說，高一的時候，我也跟安曄去過那裡好嗎？」我聳聳肩，「從那時候到現在，整整超過一年的時間，我和安曄也沒產生比青梅竹馬更多的男女之情啊！所以，凡事必有例外。」

「哼，」惠育伸出食指，在我面前搖呀搖，「妳這麼確定妳跟安曄之間沒有多於青梅竹馬的感情？」

「不然咧！」

「說不定是妳太遲鈍。」

我喝了一口奶茶，「什麼遲鈍啊？」

惠育揮揮手，「沒什麼啦！所以說，齊志吾後來沒有再進一步的甜蜜攻勢？」

「沒有啊。」我搖搖頭，「該說的都說了。」

「那妳對他有好感了嗎？」

看著惠育臉上滿是好奇的表情，我聳聳肩，「我不知道。我只知道再一分鐘上課鐘就要響了，所以我必須快把麵包吃掉，不然我怕等一下上課的時候，我的五臟廟會不合作，頻頻發出咕嚕咕嚕的叫聲。」

惠育哈哈地笑了，「好啦，暫時饒過妳。快吃吧！」

曾聽人說一天失眠，要用很多的睡眠才能補回來。失眠的殺傷力果然很大。

回到家，吃過晚餐後，原本想洗個舒服的熱水澡趕走瞌睡蟲，但卻造成了反效果。洗完澡後，我竟然就不自覺地躺在床上呼呼大睡，直到九點多，安曄的來電才把我從睡夢中叫醒。

安曄嚷著想吃點消夜，於是我們一起走到街口的便利商店找東西吃。

坐在便利商店的臨窗座位，看著路上熙攘的車輛穿梭，我喝了一口熱熱的關東煮高湯，覺得渾身都溫暖了，而坐在一旁的安曄，則滿足地吃著關東煮。

「對了，昨天為什麼會失眠？」他邊吃邊問。

我拿面紙擦了擦嘴，「就因為中午說的，發生了一件奇怪的事情。」

安曄點了點頭，「和齊志吾有關嗎？」

「哇塞！」我心裡由衷佩服他的神機妙算，「李安曄，你也太強了吧！什麼都能猜得到。」

他勉強笑了笑，放下了他最愛吃的花枝丸串，「果然和他有關。」

「你怎麼這麼會猜？」

「也沒什麼，我只是比別人更關心妳而已。」

「這麼說也對，因為我們是人人稱羨的青梅竹馬！」我開心地拍拍安曄的肩膀。

「所以，妳說奇怪的事情，到底是什麼？」

我說：「齊志吾向我告白。」

他的反應一點也不吃驚，只是笑容有一絲苦澀，「原來如此。」

「李安曄，你怎麼看起來一點也不吃驚啊？」我推推他，試圖想從他臉上看出一絲絲驚訝，但安曄面無表情，看起來很冷靜，還有點嚴肅。

「我早看出來了。只是我以為他不會告訴妳，至少不會這麼快告訴妳，他對妳的感覺。就像……」

「就像什麼？」

「沒什麼。」安曄用右手托著下巴，「那妳呢，妳回應他了嗎？」

「沒有。」

「為什麼？」

「因為我覺得他的告白太唐突，太讓我錯愕了。」我趴著，偏頭看著安曄，「你知道的，我總覺得喜歡這種事情，應該是建立在彼此足夠的認識基礎上。我不知道齊志吾是不是真的了解我，但我好像一點也不了解他。」

「妳討厭他嗎？」

「不討厭。但這也是我覺得疑惑的地方……唉呀，總之，我根本搞不懂自己對他是什麼樣的感覺。」

安曄停頓了幾秒，不知道在思考著什麼，臉上的表情似乎有點不安。

「安曄，怎麼了？」我微皺起眉，擔心地看著他，「是不是你的男人直覺告訴你，齊志吾那傢伙並不是個好對象？」

他笑了笑，伸手幫我撥了一下散落下來的劉海，「雖然我不想這麼說，但是正好相反，我覺得，齊志吾會是個很不錯的男朋友。」

從那天晚上在便利商店聊過之後，我有將近一個星期的時間沒再看見安曄。因為安曄和綺綺上課的補習班，要進行整棟大樓的整修，為了不影響課程，就把整修時段的課程往前調課，一天到晚給他們補課。

從向來認真的綺綺上課時也忍不住呵欠連連的狀態研判，我想安曄應該沒有多餘的精力，可以像往常一樣，突然出現在我家門口串門子。

雖然這幾天他和我通過兩、三次電話，但我們並沒有多聊。我能感受到，這與以前的安曄不太一樣，可見他應該也上課上到很疲憊。

「體育課打打球、流流汗，感覺消耗了很多的熱量！」體育課的尾聲，惠育擦掉額頭上的汗對我說。

「是啊，妳剛剛好厲害，這麼遠的三分球都投得進。」

惠育雙手扠在腰上，「當然囉，我可是班上的女神射手耶！」

「是，您真是當之無愧。」我笑著，遠遠看見因為不舒服而請假的綺綺從教室出來，停在我們的面前，「綺綺，妳怎麼不在教室休息？感覺好點了嗎？」

「好多了。」綺綺抿著嘴說。

我看著綺綺，她臉上沒有任何笑意，和平常總是掛著洋娃娃般笑容的她相比，簡直是天壤之別。不知道是不是因為補習班的課太密集，導致這幾天她的精神不太好，兩眼有著明顯的黑眼圈，眼睛好像紅紅的小白兔一樣。

「綺綺，妳哭過喔？」搶在我丟出疑問之前，惠育先開口。

「喔，沒事。」

「怎麼了？」我擔心地看著她。此刻的綺綺和平常的她真的很不一樣。

「姿悅，我想單獨和妳聊聊。」

我指著自己的鼻子，「我？」

「嗯。」

勁。

「我能在場嗎？」惠育拉著我的手。她似乎也和我一樣，覺得今天的綺綺很不對

「對不起，惠育……」綺綺重申，「我只想單獨跟姿悅聊聊。」

我拍拍惠育，用眼神安撫她，回頭問：「綺綺，要去哪裡聊？」

「去樓上吧！現在這個時段好像沒有人上課，比較好講話。」

我跟著綺綺走出教室，走過長長的走廊，爬上樓梯，跟著她走進自然教室。教室是空的，但走廊上偶爾經過的學生，讓綺綺忍不住皺眉。

「我還以為這裡會安靜點。」

我提議，「如果妳在意被別人聽見的話，我們到教具準備室說話吧！」

綺綺點點頭，跟我走到自然教室後方的小隔間，裡頭存放的都是自然科老師們的教具。

教具室因為缺乏打掃的緣故，積了厚厚的灰塵，我忍不住打了好幾個噴嚏，好不容易才適應。我注意綺綺的表情，她微低著頭看著自己交握的雙手，一副不知道該從何說起的模樣。

心事重重的綺綺看起來非常可憐。我心裡忍不住擔心，不知道她是遇到什麼樣的

困難或是困擾，心情才會這麼不好？希望我能夠幫助她，或者能勸慰她。

「姿悅，妳喜歡齊志吾嗎？」

「啊？」綺綺的問題讓我愣了一下。

奇怪，她不是應該說出自身的困擾或是煩惱嗎？為什麼問我這樣的問題？

難道，綺綺也是齊志吾的親衛隊之一嗎？

「這個問題……」

「請妳回答我，」綺綺漂亮的眼睛直直地看著我，「老實回答。」

我吸了一口氣，老實說，和平常判若兩人的綺綺，讓我覺得緊張，「我、我不知道。」

綺綺冷笑了一下，「好個『我不知道』，妳知道妳的『我不知道』，有多麼令人討厭嗎？不，更令我討厭的是妳的遲鈍！」

「我？遲鈍？」看著眼前情緒愈來愈激動的綺綺，我仍然一頭霧水，但是我得問清楚這一切，「綺綺，我不懂妳在說什麼，可以請妳說清楚一點嗎？」

綺綺苦笑，但眼淚卻在這時候掉了下來，「我喜歡李安曄。」

她的話讓我大為震驚，同時想起之前安曄買飲料請我們喝的那天，大家聊起的那些話。當時綺綺提到安曄的種種優點，還因此被我們取笑而紅了臉……那時我並沒有想太多，在綺綺急忙否認之後，也沒有發現她的心事。

看著綺綺，我心中充滿懊悔，畢竟我們是好朋友，但我卻連她暗戀的心情都沒有察覺，真是太糟糕了。

「綺綺，妳怎麼不早說呢？」我看著眼前的綺綺，心想喜歡一個人應該是件開心的事，為什麼此刻的她看起來，卻有著很濃很濃的悲傷。「我該怎麼幫妳呢？」

「我想請妳收回妳對安曄的依賴。請妳以後不要再這麼自私了好嗎？」

「我不懂。」

「又是這種表情！」綺綺哼了一聲，臉上是滿滿的不屑，「林姿悅，妳知道安曄喜歡妳嗎？」

安曄喜歡我？

這怎麼可能？安曄對我，不就像是我對安曄嗎？那是一種從小一起長大的情誼啊！我們彼此之間當然存在著喜歡，可是那樣的「喜歡」，是屬於青梅竹馬的那種喜歡，和男女朋友之間的那種喜歡是全然不同的呀……。

我結結巴巴的說：「我、我想……妳是不是誤會了什麼？」

「沒有誤會，是安曄親口告訴我的。」

「……」

「妳以前常說安曄在小學時，突然變成健忘鬼，跟妳一起罰站的事情。妳知道，那時候的安曄，為什麼會突然變成妳口中的健忘鬼嗎？」

「為什麼？」

「因為他不想讓妳一個人罰站。」綺綺哼了一聲，「他說他什麼都有帶，他把老師交代的東西都放在書包裡，但為了妳，他願意罰站！」

「放在書包裡……」我想起安曄之前曾對我說，他是為了想陪我才變成健忘鬼的話來，原來一切都是真的。

「昨天晚上，我跟安曄告白了。」綺綺用力地擦掉臉頰滑下的淚，「我覺得我真傻，明明看得出安曄的眼裡只有林姿悅，但還是想試試看……」

「綺綺！」我伸手想拉住她，但卻被綺綺用力地揮開。

「我早就知道安曄喜歡妳，也知道安曄對妳的喜歡是從好久好久以前就開始的，所以告白被拒絕這件事情，我早就有心理準備。只是，我好氣妳的遲鈍與自私！既然妳不喜歡安曄，甚至妳喜歡上齊志吾了，為什麼還要用這種無形的方式綁住安曄？妳可以……放過喜歡妳喜歡到幾乎沒有自我的李安曄嗎？」

已經無法思考的我，用淚眼朦朧的目光看著綺綺，很想跟她解釋什麼，但是想說的話好像通通噎在喉嚨，一個字也說不出口。

我努力擦拭奪眶而出的眼淚，但無法阻止淚水滑落。我困難地問出最不想說的話，「他怎麼回答妳的？也許，他之所拒絕妳，根本就不是因為……」

「就是因為妳！」綺綺不讓我把話說完，直接打斷了我。

「所以……」我往後退了一步，我得到的是最不想得到的答案。

「他說他喜歡的人是林姿悅。」綺綺有些歇斯底里。

「綺綺，妳別這樣！」

綺綺毫不客氣地揮開我的手，「林姿悅，我覺得妳真的很自私，妳自私地依賴著安曄，自私地不斷接受安曄對妳的好，妳真的很過分！」

「我不是這樣的，」不喜歡被這麼誤解，我急忙擦掉眼淚，「我不像妳所說的那樣。」

「在我看來就是如此。」她哼了一聲。

「可是……」我試圖解釋。

「林姿悅，我討厭妳！」綺綺憤怒地低吼著，突然給了我一記重重的耳光。

「綺綺！」

她轉身打開教具室的門，往外跨了一步，「林姿悅，我知道妳的遲鈍並不是故意的。但我真的好討厭這樣的妳！」

看著綺綺甩上了門離開自然教室，臉上早已爬滿了淚水的我，因為她投下的震撼彈而跌坐在地。我想著綺綺說的每一句話，愈想，眼淚就愈不可收拾地直往下掉。

看綺綺說得這麼認真又這麼激動的樣子，我知道她所說的並不假。回憶起從前與安曄相處的一切，原來一直以來，安曄常掛在嘴邊的「林姿悅是我未來的新娘」這句話是認真的，儘管他總是用開玩笑的口吻這樣說。

我想起小時候總是待在安曄家等爸爸媽媽下班，一開始總會偷偷流眼淚，但是安曄會拿水果軟糖哄我別哭……

我想起每次忘了帶東西的時候，他總是和我一起在走廊上罰站，邊站邊玩，最後逗得我破涕為笑的景象……

我想起每次不開心，安曄都會在一旁笑嘻嘻地陪著我、逗我的樣子；想起當自己在被流氓學生包圍時，生病高燒的安曄突然現身來救我……當時，他連肋骨被打斷了，卻沒有哭，反而還揚起笑臉安慰我……

接著，我想起最近總是和安曄討論齊志吾的事，甚至把齊志吾告白以及我與齊志吾之間的爭執經過都告訴了他。

現在想起來，每一次討論的時候，安曄心裡一定不怎麼好受吧？但是當我講起齊志吾的時候，他只是笑笑說什麼「看來妳很在意那傢伙喔」之類的。而當我因為和齊志吾的爭執而感覺不開心時，他還客觀地分析他的想法，然後告訴我「怎麼會蠢到幫情敵說話」。

林姿悅啊林姿悅，明明在很多時候，安曄對妳的好，遠遠超越他對自己的好，可是妳怎麼會這麼樣遲鈍？把他對妳的好當成理所當然！綺綺說得對，妳真的很自私……

我自責不已。

當時的安曄，心裡一定很苦澀很苦澀吧？

想到這裡，我的眼淚又往下掉。我不知道，原來每次提起齊志吾，對安曄來說都是一場折磨，我更不知道，當自己驕傲地告訴旁人，說安曄是我最要好的朋友兼青梅竹馬時，對安曄來說，心中又會作何感想！

林姿悅，妳真是個不折不扣的大笨蛋！如果妳多花一點心思去了解安曄，也許可以早一點讓安曄知道你們兩個人之間的感情，是永遠不可能變成男女朋友那樣的喜歡……

坐在教具室的角落，我弓著腿，將下巴靠在膝蓋上，想著從小到大和安曄度過的每一個難忘的回憶，不斷啜泣。

悲傷和沮喪令人忘記時間，哭了好久，我才警醒過來。從口袋裡找出手機，看了一下才知道自己在這間小小的教具室裡，已經待了一個半小時。

天色暗了，體育課早就結束，晚自習已經開始。我急忙想起身，卻發現因為維持同一個姿勢太久的關係，腳麻得很厲害。好不容易慢慢扶著站起身來，但當我想拉開教具室破舊的木門時，轉動門把，卻怎麼樣也轉不開來。我彎下腰研究了一下門把，發現門鎖好像因為年久失修故障，卡得很死……

怎麼會這樣？一定是原本就老舊的鎖加上剛剛激動的綺綺甩門而出的力道，才會使門鎖卡死吧？

我取出手機，撥打惠育的號碼，但卻轉進了語音信箱，接著我又打了幾個同學的電話，但不知道是大家約好了還是我運氣太背，打出去的電話不是沒開機就是收訊不良無法接通，再不然就是沒人接電話。

喔！為什麼不開心的事情這樣接二連三？

我緊皺著眉，眼淚又忍不住往下落，看著手機電話簿上「李安曄」三個字，原本想按下撥號的食指停在半空中，遲遲沒有按下，最後掠過他，往下尋找適合的人選。

然而，就在這個時候，手機響了起來。我心中一喜，正想要接聽，但透過模糊的視線，卻看見來電者是安曄，心不由得涼了一半……

安曄的來電，我該接嗎？

應該要接，因為他是我的好朋友兼青梅竹馬呀！每次遇到困難的時候，他總是義不容辭地幫我！但現在我還沒想好該怎麼面對他，該用什麼樣的口氣跟他說話，所以……怎麼辦？

我跟我自己說，應該要接電話，如果不接電話，他一定會很擔心，也許會再打第二通、第三通……但如果現在接了電話，他光是聽到我聲音，就知道我一定哭過。

怎麼辦？

握著手機，我看著手機螢幕上的安曄的名字一再閃動，突然覺得有點可笑。沒想到以前接安曄的電話從不猶豫的自己，現在竟然也會這麼左右為難。

手機的螢幕在鈴聲結束後不久變暗了，我繼續思考還可以向誰求救，當腦海中出現齊志吾的笑臉時，手機鈴聲竟然又響了起來。

沒想到他和我這麼有默契，我接起電話。

「喂？」

「喂，妳在哪裡？」

聽到手機裡傳來的熟悉的聲音，我的鼻子酸酸的，眼淚再次奪眶而出，「齊志吾，你可以來救我嗎？」

「妳在哪裡？」電話那頭的聲音從原本的擔心變得焦急，「快告訴我！」

「我在自然教室的教具室裡。門鎖壞了，我被反鎖在裡面……」

「等我！」他的聲音更急了，「我剛回到家，但半小時以內就會到了，妳等我。」

「我等你。」我說了再見，將手機從耳邊拿開準備按下結束通話時，又聽到手機傳來齊志吾叫我的名字，「怎麼了？」

「林姿悅！」他又喊了我的名字一遍。

「我在聽啊。」

「繼續聊天，不用掛電話，這樣我才能陪妳。」他用他低沉的嗓音，溫柔地這麼說著。

雖然隔著電話，雖然他並不在我眼前，但是我的腦海卻彷彿浮現了齊志吾那張溫柔而又好看的臉。

比想像還快，教具室忽然亮起了燈，從原本的黑暗變得明亮了些。雖然這只是一盞十瓦的日光燈，但對被困在黑暗小空間裡兩個多小時的我來說，卻覺得像是看見了日光。

燈點亮之後，門被用力推開，那張溫柔帥氣的面龐出現在我的眼前，齊志吾在我面前蹲下，放下手機，看著我。

「看吧，我說我很快就來了。」

我抬起頭，看著眼前的齊志吾，眼淚再次潰堤，嘩啦嘩啦地往下掉，然後不知怎麼的，我控制不住自己，身子前傾，緊緊抱住了他。

「沒事了。」他也緊緊地摟住我，用手輕輕拍著我的背，「笨蛋，就說沒事了，還哭成這樣。」

「我就是控制不住……」我抬頭看著他，距離很近，但因為淚水朦朧的關係，看不清楚他的臉。

他伸出修長的手指，替我擦拭從眼角滑落的淚，最後用手捧著我的臉，「別哭了，我會心疼。」

他的話讓我心裡湧起一股暖暖的感覺，沒想到在這種時候，能得到他樣溫暖的安慰。

我再次緊緊地抱住他，心臟跳得好快、好快，快到讓我懷疑他是不是也聽得到我噗通噗通的心跳聲。

林姿悅，妳在幹什麼？

理智告訴自己，此刻應該快快鬆開緊抱著他的手，但為什麼我卻不願意放開？

這瞬間，我終於想清楚，之所以想緊緊抱住他的那份情感到底是什麼。

原來，早在不知不覺中，我的心已經悄悄讓他走了進來，讓他成為自己在意的那個人。儘管從前的林姿悅不相信自己會這麼快喜歡上某個男孩，但此刻抱著他的我，卻不得不承認，愛就是沒有理由，一切都是有可能的。

隱約聽到齊志吾和司機交談的聲音，我從睡夢中醒來，才發現自己竟然靠著他的肩膀睡了舒服的一覺。那種安心的感覺，就像當時在榕樹下睡著一樣，唯一不同的是，此刻他將溫暖的大手輕輕放在我的肩上，讓我靠著他的胸膛。

「醒了？」

「嗯。」

「在這裡停車。」齊志吾對著司機說完，又低頭看我，「休息夠了的話，我們就下車吧。」

「喔，好。」我揉揉眼睛，點了點頭，在司機將車子靠邊停妥之後，我跟著齊志吾下車。

「我再打電話給你，謝謝。」他關上車門之前，輕聲向司機道謝。

我伸了個懶腰，看著齊志吾問：「那位司機是？」

「我爸的專屬司機。」

「專屬司機？」

「對，為了快點趕回學校，我請他送我一程。」

「謝謝你，」我尷尬地笑了笑。想起當時的無助，也想起被關在教具室的原因，連帶也回想起了傍晚與綺綺爭執的不開心，「還好你主動打電話給我。」

他撥開我被風吹亂的劉海，將髮絲勾到耳後，「聽妳這麼說，雖然我很想回答『因為喜歡妳，所以在妳遇到困難的時候我當然知道』之類的好聽話，但是……」

我歪著頭，「嗯？」

「這等等再說好了。」

「為什麼啊？」

他牽起我的手，拉著我往附近的小公園走去，在公園的噴水池前，跟我一起並肩坐下，「先告訴我，今天怎麼了？」

我看著他，思考了幾秒鐘該怎麼用最輕鬆自然的方式描述一切，然而渾沌的腦袋卻不聽使喚，我只能吸一口氣，老實地說：「同班同學綺綺，今天突然告訴我，她向安曄告白了。」

「然後？」

「安曄拒絕她，拒絕的理由……」我吞了一口口水，遲疑地說不下去。

「是因為妳。」齊志吾看著我，「對吧？」

我只能默認。

「她說了什麼話嗎？呃，我是說，妳那個同班同學。」

「她說了很多讓我難過，但我無法反駁不了的指責。」我忍不住又掉眼淚，雖然刻意別過臉，但卻還是被齊志吾發現，他伸出他的手，替我擦掉淚水。

「別哭。」

「齊志吾，我很自私，對不對？」我吸吸發酸的鼻子，「我覺得我真的是個大笨蛋！一直以來，自以為是地依賴著安曄，卻從沒發現這樣的依賴對他來說是多麼沉重的負擔。這也就算了，我最近還一直跟他聊起你的事……我覺得自己真的很遲鈍，也很殘忍。」

「妳遲鈍的不只是這件事而已，就連對我的喜歡，也是慢了半拍。」

「齊志吾！」我瞪了他一眼。

「妳應該要好好的和安曄談一談，而不是自己躲在角落裡哭。」

「可是……」

「如果妳還想要安曄這個朋友的話，就不可以只是躲在教具室裡偷哭，逃避他、不接他的電話。逃避絕對不是處理事情的好方法。」

我點點頭，沒想到齊志吾的話竟然有一種讓自己豁然開朗的魔力。

看著前方不遠處路過的一對年輕情侶，突然想起剛剛齊志吾說過的話，「對了，什麼我對你的喜歡也慢半拍呀！我有說自己喜歡你嗎？」

「妳不用說，剛剛的擁抱就是最好的證明。」他笑著，用很有魅力的眼神看著我。

「擁抱……」想起在教具室裡的衝動擁抱，我難為情地瞪了他一眼，「我覺得我一定是哪裡有問題。客觀想一想，安曄長得又帥，個性又比你好很多，整體評分完全和你比起來，好上一百倍，可是為什麼偏偏……」

「偏偏卻喜歡我？」他笑咪咪地幫我把話說完。

「對，我好後悔。」我無奈嘆氣。

「不然讓妳重新選擇，」他將臉湊向我，「在我忍不住吻妳之前。」

看著他突然變得好溫柔又認真的神情，不知道是不是因為距離近的關係，我竟有種臉蛋發燙的感覺，最後他慢慢向我靠近，手輕輕地捧著我發燙的臉，並且用他的唇輕輕地吻住我的唇，而我也用我的吻做了選擇……

「齊志吾……」心臟噗通噗通的，好像已經快到無法控制，原來這就是喜歡一個人的心跳。

「謝謝妳喜歡我。」他暫時停下他溫柔的吻，輕聲地說完這句話之後，輕輕撥開我的劉海，然後吻了我的額頭、我的鼻尖，最後再又繼續剛剛未完成的吻。

「乾杯，慶祝放寒假囉！」

在齊志吾告白成功的小公園裡，齊志吾、安曄、惠育和我在草地上鋪上了野餐布，開心地舉杯慶祝。

「對了，李安曄，我還沒找你算帳耶！」我放下手中的飲料，揚起眉瞪著安曄，「聽說我被鎖在教具室那天，你打我的電話我沒接，你就立刻打給齊志吾，叫他來找我？」

安曄看我一副興師問罪的樣子，用力捶了齊志吾的肩，用「你竟然出賣我」的眼神瞪視他，「因為妳不接我電話，但一定會接某人的電話啊！」

「最好是。」我哼了聲。

惠育倒了一杯橘子汽水，「不過，要是安曄沒有這麼做，今天怎麼會有一對人人稱羨的情侶檔，手牽手一起來野餐呢？」

「惠育！」

我雖然惱羞成怒地大喊，但大家都因為惠育的話而笑了。

在天南地北什麼都能聊的氣氛下，我們融洽地相處。

那天晚上，在噴水池前的那個吻，讓齊志吾正式成為我的初戀，而下一個週末，我和安曄去看了那場他原本想藉機對我告白的電影。

那天，我和安曄聊了很多關於以前的往事，也談到了現在我和齊志吾的關係，在激動的過程中，甚至在他面前流下了眼淚。

當時的他，看著哭泣的我，沒像往常一樣給我一小包水果軟糖，但他給了我一個很單純、很單純的擁抱，然後告訴我，千萬別對他有任何的歉意，只要勇敢地去喜歡、去愛自己選擇的人就好。

而在那之後，綺綺也私下約我在校外見面。她滿臉歉意地對我道歉，說當時她因為情緒不好的關係，把所有怒意與不滿都發洩在我身上……一切都是她的錯。

雖然先前綺綺說了很多傷人的話，但後來仔細想想，她說得一點也沒錯。而且要不是因為綺綺說破了這一切，我想，憑我的遲鈍，也許至今還沒有察覺自己對齊志吾的喜歡，也沒能夠和安曄坦承一切。

喝一口汽水，連吃了好幾片洋芋片，看著眼前最要好的朋友們開心地聚在一起，我覺得此刻的自己真的是最快樂、最快樂的人。

「對了，記得，要是小悅傷心的時候……」安曄拿出一包水果軟糖遞給齊志吾，「這是逗她開心的最佳法寶。」

「嗯，」齊志吾笑了笑，「我知道了，謝謝你。」

安曄笑了笑，轉頭問惠育，「妳不是說想買炸物來吃嗎？公園附近有一家不錯，我們去看看？」

「好哇！」惠育立刻點頭如搗蒜，站起身跟著安曄離開。

看著他們的背影，我忍不住說：「有他們在真好。」

「嗯，安曄和惠育都是很棒的朋友。」靠坐在大樹旁的齊志吾用了點力，將我摟得更緊，讓我可以很舒服地靠在他的胸膛上。

「齊志吾，你覺得，我們可以在一起很久很久嗎？」

「當然。」

「可是，這是我的初戀，也是學生時代的戀情，表姊說……」

「我會證明給妳看。」他打斷了我的話，右手輕輕地撫弄著我的髮絲。

我握住他的大手，「所以儘管高三了，儘管讀了大學，儘管齊志吾變得愈來愈帥、愈來愈多人喜歡，我們都還是會像現在這樣子甜蜜嗎？」

「對。」他輕輕地說，又將我摟得更近了。

「那如果我們念的大學一個在南、一個在北，兩地相隔，也不會因為距離而改變嗎？」

「不會。」他用他低沉的嗓音承諾，「不會改變的。」

「那就好。」挪動身體，我任性地偎在他的胸前，感受他的心跳。

「小悅，如果將來上大學，有男孩比我優秀、比我帥、比我對妳要來得好一千倍，妳也對他心動的話……」

「不會有這樣的男孩！」我嘟起了嘴，打斷齊志吾還沒說完的話。

「我是說如果。」

「沒有這樣的如果！」我一樣嘟著嘴。

「我想告訴妳，如果有這樣的男孩，而妳喜歡上他的話，不用顧慮我，」他將下巴輕輕靠在我的頭，輕輕的鼻息規律地呼在我的髮上，「告訴我一聲就好。」

「齊志吾，你再說這個的話，我要生氣了！」

他摟著我的肩，挪動身體看著我，「妳放心，就算有人把妳追走，我也會努力，讓自己變得更好，再次把屬於我的林姿悅追回來！」

聽了他的話，我的心裡甜甜的，我抬頭看著他，然後用手溫柔地摸著他帥氣的臉，「如果你被別的女同學追走，我也會把屬於我的齊志吾追回來。」

他親了我的臉，順勢在我耳邊小聲地說了一句「好喜歡妳」之後，又給了我一個很美很美的吻。

【全文完】

［後記］

深藏在故事中的遺憾與感動

又到了故事的尾聲，每次寫後記的時候，Micat 總會湧出很多複雜的情緒。像是結束故事的成就感、連載時大家給予鼓勵的感動，當然，也會有淡淡的不捨之情，因為寫後記的時候，就表示齊志吾與小悅的故事，即將畫下休止符。

在《因為你，是我奮不顧身的嚮往》中，小悅與齊志吾、李安曄之間這段三角戀情，充滿了高中時期青澀而又青春的氣氛。不知道進入故事、閱讀故事的讀者們，是不是也曾希望 Micat 能讓李安曄和小悅這對青梅竹馬，最後修成正果？

其實，在寫作的過程中，我有一度被安曄的深情所影響，猶豫著是不是該讓小悅被安曄的執著所感動，最後讓他們在一起……只是到了最後，還是決定堅持原本的設定。因為 Micat 覺得，讓安曄與小悅之間的感情維持在青梅竹馬的狀態，更合乎現實。對於正在看此篇後記的讀者們來說，也許已經發現或即將發現，在感情的世界裡，能夠維繫「友達以上，戀人未滿」的感情，比真正戀人之間純粹的愛情更難，是可遇而不可求的機緣。

接著，不能免俗，一定要感謝我親愛的家人、Richard 以及陪著 Micat 一起創作的每一個讀者們，還有必須對辛苦的編輯獻上最深的謝意，因為在忙碌的日子裡，有編輯的鼓勵與耐心，才能讓我開開心心地完成這個屬於齊志吾和小悅的故事。

一個故事結束，又有了寫新故事的衝動。感謝大家和 Micat 一起分享這個故事，我們相約在下個故事裡，遇見彼此。

Micat

國家圖書館出版品預行編目資料

因為你，是我奮不顧身的嚮往／Micat 著. -- 初版. -- 臺北市：商周, 城邦文化出版：家庭傳媒城邦分公司發行, 民104.07
面： 公分. --（網路小說；248）
ISBN 978-986-272-814-7（平裝）

857.7 104008294

因為你，是我奮不顧身的嚮往

作　　者／Micat
企畫選書人／陳思帆
責任編輯／陳名珉、陳思帆

版　　權／翁靜如
行銷業務／李衍逸、黃崇華
總 編 輯／楊如玉
總 經 理／彭之琬
發 行 人／何飛鵬
法律顧問／台英國際商務法律事務所　羅明通律師
出　　版／商周出版
城邦文化事業股份有限公司
台北市民生東路二段 141 號 9 樓
電話：(02) 25007008　傳真：(02) 25007759
Blog：http://bwp25007008.pixnet.net/blog
E-mail：bwp.service@cite.com.tw
發　　行／英屬蓋曼群島商家庭傳媒股份有限公司城邦分公司
台北市民生東路二段 141 號 2 樓
書虫客服服務專線：(02) 25007718、(02) 25007719
服務時間：週一至週五上午09:30-12:00；下午13:30-17:00
24 小時傳真專線：(02) 25001990、(02) 25001991
劃撥帳號：19863813；戶名：書虫股份有限公司
讀者服務信箱：service@readingclub.com.tw
城邦讀書花園：www.cite.com.tw
香港發行所／城邦（香港）出版集團有限公司
香港灣仔駱克道193號東超商業中心1樓
E-mail：hkcite@biznetvigator.com
電話：(852)25086231　傳真：(852) 25789337
馬新發行所／城邦（馬新）出版集團【Cité (M) Sdn. Bhd.】
41, Jalan Radin Anum, Bandar Baru Sri Petaling,
57000 Kuala Lumpur, Malaysia.
Tel: (603) 90578822　Fax:(603) 90576622
email:cite@cite.com.my

封面設計／黃聖文
版型設計／小題大作
排　　版／新鑫電腦排版工作室
印　　刷／高典印刷有限公司
總 經 銷／高見文化行銷股份有限公司
電話：(02) 26689005　傳真：(02) 26689790
客服專線：0800-055-365

■ 2015 年（民104）7 月 2 日初版
定價200元
Printed in Taiwan
城邦讀書花園
www.cite.com.tw

 ISBN 978-986-272-814-7